冬の蜉《かげ》蝣《ろう》

鎌倉河岸捕物控〈十二の巻〉

佐伯泰英

時代小説文庫

角川春樹事務所

目次

鎌倉河岸周辺
鎌倉河岸
豊島屋
しほの長屋
弁天湯
青物市場
龍閑橋
舘市右衛門屋敷
常盤橋
船宿綱定
むじな長屋
彦四郎の長屋
金座
金座裏
樽屋藤左衛門屋敷
龍閑川
林道場
政次の長屋
0
200m
西
北
南
東

冬の蜉蝣

鎌倉河岸捕物控〈十二の巻〉

第一話　迷い猫

一

寛政十二年（一八〇〇）は庚申《こうしん》の年に当たった。

幕府は庚申の年にかぎり女の富士登山を許す習わしがあった。六十年ぶりの女の富士登山が許され、江戸八百八町の各町内にあるといわれる富士講が女を含む信徒団を組んで陸続《りくぞく》と出かけることになった。

初夏に始まった富士講も秋になって下火になり、江戸の町もようやく落ち着きを取り戻した。

年の瀬も近いとある夕暮れ、鎌倉河岸《かまくらがし》の豊島屋《としまや》にいつもの連中が顔を揃《そろ》え、名物の味噌田楽《みそでんがく》に自慢の下《くだ》り酒で一日の疲れを癒《いや》していた。

豊島屋の主《あるじ》の清蔵《せいぞう》が店の看板娘のしほに、

「この十日も前から金座裏《きんざうら》の連中は一人も顔を見せないが、なにかあったかねえ」

と言った。

しほの豊島屋勤めは大晦日《おおみそか》までと決まり、清蔵も馴染《なじ》み客も口には出さないが一抹の寂しさを募らせていた。それを承知なだけにしほは、出来るかぎり豊島屋に出て最後の奉公に努めようと考えていた。

「旦那さん、格別に大きな騒ぎがあったとは聞いていませんけど」

「御用がなければ顔出しすればいいじゃあありませんか」

「旦那がさ、捕り物だ、御用の顚末《てんまつ》を聞かせろとしつこいからさ、河岸を変えたんだよ」

と兄弟駕籠《かご》かきの弟、お喋《しゃべ》りの繁三《しげぞう》が口を挟んだ。

「だれがしつこいですって。繁三さん、うちは飲み食い現金商売が看板ですがな、常連と思えばこそだいぶ溜《た》まった呑《の》み代《しろ》も催促なしにして、ご注文を気持ちよくお出ししています。それをしつこいですって、なんという言い草です」

「待った、旦那、口が滑った。許してくんな、それを言われるとおれもつらい。今年はよ、江戸から富士参りだと出かけた連中がさ、富士講で金を使い、駕籠にも乗ってくれねえや。師走《しわす》の風が吹くというのにこっちの懐《ふところ》は、かさこそと葉を散らしてよ、空《から》っ尻《けつ》だ」

「繁三さん、泣き言はどうでもいいがね、その河岸を変えたというのはほんとかね」

「ああ、金座裏の若い連中はさ、蠟燭《ろうそく》町の裏路地に出来た赤提灯《あかちょうちん》に入り浸《びた》りだ。そこにはさ、化粧っけのある見栄《みば》えのいい娘が揃っているんだと」

「あら、豊島屋は見栄えのよくない娘で悪かったわねえ」

としほが繁三の迂闊な言葉に応じた。

「あれ、娘たちが若親分を張り合って大騒ぎと聞いたがよ、やっぱり許嫁《いいなずけ》のしほちゃんにも内緒だよな、そのふくれ面じゃさ」

「あら、私、なにも政次《せいじ》さんに悋気《りんき》なんて起こしてないわよ」

「なんだかふぐみてえに口先が尖《とが》っているように思うがねえ」

と繁三が言い、燗徳利《かんどっくり》を取り上げて、

「酒が入ってねえぞ。黒鳥《くろがらす》の庄太《しょうた》、空の徳利運んできたんじゃないか」

と小僧の庄太にからかいを入れた。

「庄太さん、繁三さんの追加は聞かなくてもいいわよ。ついでに旦那さん、やはりこれまでの溜まった分もお支払を願いましょうかね」

「しほちゃん、それがいい。庄太、算盤《そろばん》を持っておいで」

と清蔵もしほの言葉に乗った。

「やめてくんな。おれはさ、ほんとのことを喋っただけなんだよ。それをなんだい、懐が空っ尻のおれからつけをむしり取ろうというのかい」

「むしり取ろうなんて人聞きが悪いね。しかしさ、腹が立つじゃないか。長年の知り合いを虚仮《こけ》にするのも甚《はなは》だしいよ。どうせ亮吉《りようきち》が音頭をとってさ、それに若親分ばかりか、あの彦四郎《ひこしろう》まで巻き込んでの話ですよ」

と清蔵が言うところにのっそりと彦四郎が姿を見せて、

「この彦四郎をだれがどこに巻き込んだって」

と話に加わった。

「なんだ、聞いていなさったか」

「旦那、お喋り駕籠屋の話なんぞまともに受け取っていちゃあ、あとで後悔するぜ」

「後悔とはどういうことですね」

「どうせ金座裏の面々とおれが蠟燭町の裏路地に出来た一杯飲み屋に通っているという話なんだろ」

「外で聞き耳を立ててなさったか」

「馬鹿言っちゃいけねえや。豊島屋で話すことなんて彦四郎はお見通しですよ、旦那」

彦四郎が一座の中にどっかと腰を落ち付け、しほが彦四郎に酒を運んでこようと台所に行きかけて足を止めた。

「どこかに政次さんたちが通っているって、ほんとの話なの。それとも繁三さんの作り話なの」

「しほちゃん、気になるかえ。それじゃあ、御用聞きの嫁にはなれねえぜ」

「あら、どういうこと」

「だからさ、金座裏にはいろいろと厄介事が持ち込まれるということよ」

「政次さんたちが蠟燭町に通っているのは御用なの」

「そいつはおれもはっきりは知らないが、そんなことも金座裏にはあろうって話さ」

「なんだか勿体《もったい》ぶった返事ね」

言い負かされた感じのしほは得心のいかない顔で暖簾《のれん》の奥へ姿を消した。

「彦四郎、お喋り駕籠屋の話をまともに受け取っちゃならねえってどういうことだ」

「繁三さん、もう出来上がっているのか」

「おれが出来上がっていようとどうしようとおまえの知ったことか。おい、おれを嘘付き呼ばわりしたな、謝れ」

「ちえっ、今度は絡んできやがったぜ」

と彦四郎は受け流し、しほが新しい燗徳利を運んできた。

「お喋り駕籠屋、これで我慢しな」

彦四郎が自らの杯に注《つ》ぐ前に繁三と兄貴の梅吉《うめきち》の空の杯に熱燗を満たした。

「そう下手《したて》に出られちゃ文句も言えねえや」

今晩の豊島屋にはなんとなく釈然としない空気が流れ、夜が更けていこうとしていた。

「やっぱりあいつら、河岸を変えたんだよ。豊島屋に飽きたんだって」

と呂律《ろれつ》が回らなくなった繁三がまた最前の話を蒸し返したとき、表の戸口が開かれ、冷たい木枯らしが客の少なくなった店の土間に、
ひゅっ
と吹き込んで、

「間にあったぜ」

と亮吉が叫びながら飛び込んできた。

「おや、河岸を変えなすったんじゃございませんので、どぶ鼠《ねずみ》の亮吉さん」

と繁三が酔眼を上げた。

どやどやと常丸《つねまる》、左官の広吉《こうきち》、伝次《でんじ》、波太郎《なみたろう》ら金座裏に住み込む若い手先たちが続

いて姿を見せ、最後に羽織姿の政次が入ってきた。

亮吉が一座を見回し、

「こら、お喋り駕籠かき、てめえ、皆によた話をしやがったな。どうもおれたちを迎える旦那の目付きがいつもと違うぜ」

と言い放った。

「亮吉、金座裏の面々が蠟燭町の化粧した娘のいる煮売り酒屋に入り浸りと話した野郎がいるのさ」

彦四郎が応じた。

「それで読めた。なんだえ、おれたちが好んで蠟燭町の化粧っけに惹《ひ》かれたとでも思いなさったか、清蔵さん」

「どぶ鼠、違うのですか」

「違うも違わねえもねえや、御用だよ。好きでもねえ女相手に苦労しながらおれっちが交代で張り込んでいたんだよ」

「あら、御用だったの」

しほが政次を見た。政次はなにも答えない。その代わり亮吉が、

「なんだえ、しほちゃんまでお喋りの口車に乗ったか」

としほを責めた。

風向きが変わり、慌てて清蔵が言い出し、

「独楽鼠《こま》、若親分も揃ってうちに見えたってことは一件落着だな。さあ、なにがあったか、話しなされ」

と大好きな捕り物話をせがんだ。

「寒い中、こうしておれたちがご無沙汰《ぶさた》の挨拶《あいさつ》に姿を見せたというのに酒もなしか」

「あら、あちらで飲んできたんじゃないの」

「御用と言ったぜ、しほちゃん。あんまり分からないこと言うと、おれたち金座裏に引き上げるぜ。なあ、若親分」

と亮吉が政次に話しかけ、しほが慌てて、

「待って、仕度するから。庄太さん、手伝って」

と言い残すと台所へ飛んでいった。

「独楽鼠師匠、酒はいくらでも用意するからさ、蠟燭町のさわりだけでも話してくれないか」

清蔵が亮吉に頼み、

「若親分、どうするね」

と亮吉が今度は勿体ぶった。

「亮吉、差し障《さわ》りのないところを話さないと、どうやら信用はして頂けないようだよ」

政次が許しを与えたところへ、しほと庄太が盆に載せて熱燗を運んできた。

「まあ、一杯、むじな亭どぶ鼠大師匠」

愛想を言いながら繁三が徳利を摑《つか》もうとしたが、

「お喋り、おまえの酌は受けねえぞ。しほちゃん、頼まあ」

としほに酌を要求した。

「はいはい」

と機嫌を直したしほから茶碗《ちゃわん》に熱燗を注いでもらった亮吉が、
くいっ
と一口呷《あお》って小上がりに講釈場よろしく上がると、

「えへんえへん」

と喉《のど》の調子を整え、さらにもう一口酒で舌を潤した。

「この一件、最前捕り物は無事に終わりましたがな、御奉行所吟味方今泉《いまいずみ》修太郎《しゅうたろう》様のお調べは明日からにございますれば、仔細《しさい》は申し上げられません。さりながら、お馴染み様にあまりにも邪険にございますれば、蠟燭町裏路地の煮売り酒場の酌婦おふゆに纏《まつ》わる事件のさわりを一席読み切り致しますゆえ、この場かぎりのお聞き忘れのこと願い奉《たてまつ》ります、ぽんぽん」

亮吉が手のひらで床を叩《たた》いて調子を入れた。

「よう、待ってました、むじな亭」

「うるさい、お喋り繁三」

と酔って上体を揺らす繁三を一喝した亮吉が、

「事件はこの夏の終わりに横山同朋《どうぼう》町の富士講の一行が先達《せんだつ》、講元、世話人の三役に引き連れられて江戸を繰り出し、甲州道中を富士のお山の登山口吉田宿を目指して八王子宿に一夜泊まったところで起こりました。屋根職人親方の富五郎《とみごろう》が一行の一人、左官の種造《たねぞう》と酒を飲んだ上に喧嘩《けんか》口論に及び、その場はなんとか先達らの仲裁で鎮められましたがな、次の朝、一行が起きてみると厠《かわや》の中で富五郎が背中を刃物でぐさりと一突きされて絶命しているのが見つかったのでございます」

「どぶ鼠、種造が殺《や》ったんだな」

「うるさいよ、繁三」

と清蔵が止め、その間に悠然と酒で喉を潤した亮吉が、

「いかにも種造の姿が講中の宿から消えておりました。そこで先達、講元、世話人三役打ち揃い、八王子の番屋に届けて富士講は八王子で江戸に引き返し、当然中止になったのでございます。ことは一見明白、前の晩の喧嘩を根に持った種造が富五郎を殺して逃げたと思えました。八王子のお役人もそのように判断されたようで江戸町奉行所に調べの経緯を書き送られたそうな。ともかく真相を知るには種造を捕まえるしかない。だが、種造が直《す》ぐに江戸に舞い戻る様子はございません。横山同朋町は金座裏の縄張り内ではございませんが、この長屋を持つ太物屋《ふともの》とはいささか縁がございまして、宗五郎《そうごろう》親分の耳に八王子宿での富士講の殺しは届いておりましたのでございます。そこで金流しの親分は若親分に種造が住んでいた長屋を時に見張るように命じておられたのでございます。ええ、裏長屋の住人の種造は独り者でございましてな、むろん大した家財道具とてございません。ですが、種造は腕のいい左官でございましたから、道具はなかなかの凝《こ》ったものを揃えていたそうな。職人ならば使い慣れた道具に未練を持つのではないかと政次若親分は考えられた」

「いい目のつけどころですよ」

と清蔵が言い、亮吉が茶碗酒を口に含んだ。

「さあて、八王子で殺された富五郎ですがねえ、こちらは若い嫁を貰《もら》ったばかり、このおふゆが富五郎には勿体ないほどのいい女でしてね、いきなり二十歳の身空で後家になっちまった」

「おれが面倒みようか」

「うるさい、繁三」

と怒鳴った亮吉が、

「へえ、後家になったおふゆは深川櫓下《やぐらした》の女郎でしてね、苦界《くがい》に身を沈めて一年余、まだ素人《しろうと》っぽいところが気に入って富五郎親方が身請《みう》けして嫁にした女でございます。おふゆは富士講に行った亭主が殺されたことを聞かされて大いに動顛《どうてん》して泣き叫んだそうにございます。それはそうでございましょう、所帯を持って一年余り、亭主に死に別れたのでございますからな。ところが富五郎の四十九日を終えたあと、おふゆは横山同朋町の長屋を出て、蠟燭町の煮売り酒屋の酌婦になり、長屋もその近くに変えたのでございます」

「ああ、分かったぞ。亮吉、てめえらはおふゆ目当てに通ったな」

「馬鹿野郎、繁三、御用といったろうが」

彦四郎が繁三の口を封じた。

「今からおよそ二十日前のことにございます、八王子宿から一つの知らせが入りました。なんと講中の旅籠《はたご》の近くの河原から半ば白骨化した死体が見つかり、首にかけていた護符から殺しの罪で手配されている種造と身元が分かったという知らせでございます。八王子のお役人は富五郎を殺した種造が自裁したと最初考えられたようですが、致命傷は背に細身の刃物を突き立てられた傷でございましてな、自作自演とはいかないものにございました」

「なんだって、富五郎を殺した種造もだれかに殺されたか、わけがわからねえや」

「お喋り繁三の頭では分かるわけもあるまいよ」

彦四郎が言い、亮吉が一座を両手で制した。

「一座の皆様、これからが政次若親分とわれら金座裏の手先らの手柄話の始まりにございますればお静かに願い奉ります」

ここで亮吉は茶碗酒を
くいっ
と飲んだ。

「政次若親分は富五郎、種造の二人を殺した下手人《げしゅにん》は必ず講中に潜んでいると考えられたそうな。白衣に身を包んで六根清浄《ろっこんしょうじょう》と唱えて吉田口に向かう男二人を殺したところで大金など持っているわけもなし、また行きずりの下手人ならば富五郎を殺したのが種造の仕業《しわざ》と細工する要もございません。若親分は二人のうち一人か、あるいは二人ともを殺す理由を持っている人間はいないか、と富士参りにいった一行二十七人の講中を名手下《てした》の亮吉らに命じて調べ上げなすったのでございます」

「自分のことを名手下ですと、呆《あき》れたね。それでいたかえ」

「旦那、富五郎、種造ともに名人気質《かたぎ》の職人でね、口は悪いし、酒が入るとあけすけに相手をいたぶる癖はあったが、酔いが覚めると相手に詫《わ》びを入れる程度の度量の持ち主でもあったんだ。ともかく職人はさ、腕さえよければ他はなんとか大目に見られる世界だろ」

と亮吉は普段の口調で説明すると、ぽんぽんと床を叩いて調子を入れ、

「金座裏にかかっては天網恢恢疎《てんもうかいかいそ》にして漏らさずにございますよ。常丸兄いと、この独楽鼠の兄さんが櫓下で富五郎が見染めたおふゆには、間夫《まぶ》がいたことを突き止めたのでございます。それはなんと富士講の三役、講元の蒔絵《まきえ》職人の淀之助《よどのすけ》だったのでございます。こいつは銭はねえがまあ、細面《ほそおもて》のいい男でねえ、おふゆとならさながら内裏《だいり》様とお雛《ひな》様だ。それをわっしらから報告を受けた若親分は、淀之助をぴったりと見張ることを命じられた。だが、敵もさるものひっ掻《か》くものだ、なかなか動かねえ。そこでさ、政次若親分が一案をひねり出された、おふゆが淀之助に宛《あ》てて書いたような

文を細工をした、さらに淀之助がおふゆに宛てた文も偽作した。これで引っかかるかどうか」

「よし、引っかかったな」

　と清蔵が叫んだ。

「金座裏の一同が網を張る中に淀之助がついに現れ、下谷《したや》広小路の出合い茶屋で対面したのでございます。この亮吉めらは、茶屋の隣座敷から二人の男と女の激情のあえぎ声を耐えて聞きつつ、寝物語に淀之助が語った、八王子の旅籠で深夜厠に起きた富五郎を殺し、さらに種造を旅籠の外に呼び出して殺した経緯の一部始終を聞きとったのでございます。だが、欲望の嵐が過ぎ去り、互いを呼び出した文のことに話題が触れると、どちらも文など書いてないことが分かり、淀之助もおふゆも驚愕《きょうがく》して言葉もない有様にございました。そこで金座裏の出番にございましてな、一気にあられもない寝間に踏み込んだのでございます。淀之助とおふゆは、富五郎がおふゆにべた惚《ぼ》れをよいことに落籍《らくせき》させ、いつの日にか富五郎を亡き者にして、その後釜《あとがま》に入るべく機会を窺《うかが》っていたのでございます。富士講に事よせて道中で殺す、それも普段から仲のよくない種造を下手人に仕立て上げる、淀之助とおふゆは、随分と入念な準備をしての殺しだったようにございます。二人は事が成就してから一年は絶対に会わないと決めていたようですが、政次若親分が自ら工夫して書いた男文と女文に騙《だま》された。へえ、詳しい経緯は北町奉行所吟味方与力今泉修太郎様のお調べで、おいおい判明致しましょうが、今晩かぎりの講談話、ぽんぽん、読み切りとさせて頂きます」

と亮吉が一席を読み終えたとき、繁三の高軒《たかいびき》が豊島屋じゅうに響き渡った。

二

江戸の空は師走近くになって澄み渡り、どことなく小春日和《びより》の穏やかな日々が続いていた。

政次はいつものように早朝赤坂田町《たまち》の神谷丈右衛門《かみやじょうえもん》道場に稽古《けいこ》に通う日課に戻り、体を鍛えていた。

この朝、政次は生月尚吾《おいづきしょうご》と激しい打ち込み稽古を半刻（一時間）にわたり続けて双方へとへとになって竹刀を引いた。

尚吾は長門《ながと》府中藩の家臣で、政次と一緒に師から目録を授けられた腕だから、実力はほぼ伯仲《はくちゅう》しており、いつも激しい打ち合いになった。

弾む息の下から尚吾が、

「若親分、ここのところ稽古に顔を出さなかったが、どこぞで密《ひそ》かに修行を積んでおったか」

と問うた。

「生月様、御用に追い回されて道場に通えませんで、暇を見ては独り稽古を続けておりました。私も息が切れてどうにもなりません」

と政次が応じ、

「おかしいな。なんだか若親分の腕がいきなり上がった気がする。こちらがここぞと踏み込んでも間合いを外されておる。どうもおかしい」

と首を捻《ひね》った尚吾が、

「そう言えば若親分の留守の間に熱心に永塚《ながつか》小夜《よ》どのが稽古に通われていたが、若親分が出てきたら今度は小夜様が姿を見せられぬぞ。小夜様がおらぬとなんとのう、道場が寂しいな」

「尚吾、そなた、小夜様との稽古はでれでれとして締まりがなかったのう」

と古い門弟にからかわれた。

「そうおっしゃいますが小夜様を女と見ると手ひどい反撃を食らいます。でれでれなどする暇はございません」

と答えた尚吾だが小夜の姿がないことに寂しさを覚えているのはその顔に表れてい

た。

「若親分、三島町の林《はやし》道場は金座裏の近くであろうが。一度小夜様がどうしておられるか見てきてくれ。いや、これはそれがしだけの頼みではない、われら、若い門人の総意でな」

「生月様、承知致しました」

と政次は受けた。

道場から金座裏までの帰路、政次は駆けて戻るのが習わしだ。小夜と一緒のときは足を幾分緩めていたが今朝は一人だ。長身が疾風のように溜池《ためいけ》から御堀端を走り抜けた。すると呉服橋に綿入れを着込んだ松坂屋《まつざかや》の隠居松六《しょうろく》がいて、御堀の水面《みなも》にたなびく朝靄《あさもや》を見つめていた。

冬も深まり、朝晩は冷え込んで昼との寒暖の差が激しく、水面から白い靄が上がっていた。

「ご隠居様、ご壮健でなによりにございます」

と旧主の前に足を止めた政次は丁寧に挨拶した。

政次は呉服問屋の松坂屋に奉公して将来は番頭に出世し、老舗《しにせ》の呉服店を担う幹部候補生と目されていた。だが、江戸でも一番古い御用聞き、金座裏の九代目宗五郎とおみつの夫婦に子がないことを案じた古町《こまち》町人らの話し合いで政次が十代目として日本橋から金座裏に身を移したのだった。

「若親分、近頃姿をお見かけしなかったな。小夜様お一人で走っておられるから、御用が忙しいと思うてはいたが、ひと段落しなさったか」

「はい。お祭しの通りにございます」

「若親分が姿を見せたとなると今度は永塚小夜様が忙しいようだ」

「道場でも様子を見てこいと言われました」

「剣術の道場でも女っけがあるとないでは、力の入れようが違いますかな」

と酸いも甘いも嚙《か》み分けた体《てい》の松六が笑った。

「お武家方も男ですからね」

と答えた政次が、

「ご隠居、風邪《かぜ》などお引きになりませぬように」

と言葉を残して一石《いっこく》橋へと走り出した。

政次が金座裏に戻ったとき、すでに金座裏の内外の掃除が終わり、常丸たちが格子戸の前で一匹の子猫を囲んでなにごとか話し合っていた。

「ただ今戻りました、遅くなってすまない」

と謝る政次に亮吉が、

「若親分が出かけるとき、こいつが戸口にいたかえ」

と尋ねた。

「亮吉、気がつかなかったが、迷い猫か」

「捨て猫だね、うちの前に迷ってきたんだよ」

と生まれて一、二月経《た》つかどうかの三毛猫を差し上げて見せた。

足裏が淡い紅色でまだ長い距離歩いたことはないのか、触ると軟らかかった。体は純白で大小の黒と褐色の模様が按配よく散り、なかなかの愛らしさだ。

「若親分、舌を見てみな。なんとも小さくてさ、かわいいと思わないかい。腕に抱いてもいいぜ」

「亮吉、どういう魂胆だ」

「だからさ、おかみさんを口説《くど》いてくれないかね」

「うちで飼えというのか、亮吉」

「皆で話し合ったんだけどさ、大晦日に向かう折柄、子猫が独りで生きていくには厳しいぜ。命を助ければ功徳《くどく》もあろうじゃないか。それにさ、第一家の中の鼠がびっくりして逃げ出す」

と亮吉が政次を口説く。

「亮吉、口添いはするよ、まず亮吉から頼むことだね」

と政次が亮吉の手に子猫を戻し、交渉方を命じた。

「よし」

しほは、広い台所の板の間に膳《ぜん》を並べながら、亮吉が腕の中に抱いた子猫に目をやった。

「おかみさん」

と亮吉がいつもとは違う優しい声でおみつを呼んだ。

「なんだい、独楽鼠」

と振り向いたおみつの声に驚いたか、
みゃあう
と子猫が甘えたように鳴いた。

「なんだえ、その猫は」

「だから、いたんだよ」

「いたってどこに」

「だから、うちの前にさ」

おみつが、
じいっ
と亮吉を睨《にら》んだ。首を竦《すく》めた亮吉が、

「やっぱ駄目かねぇ」

「駄目ってなにが駄目なんだ、亮吉」

「だから、捨て猫なんだよ」

またおみつが亮吉を睨んだ。

「おっ養母《か》さん、うちじゃあ、猫を飼うのはいけませんか」

と政次の声がおみつの背からした。

「なに、おまえたち、金座裏で猫を飼おうというのかえ」

「うちの格子戸の前に捨てられていたそうなんですよ。で、亮吉たちが憐れんでうちで飼えないかと願っているんです」

しほが立つと亮吉の手から子猫を抱き取った。すると子猫がまた、
みゃあう
と甘えたように鳴いた。

しほが腕に抱いた子猫をおみつに見せた。

「うちじゃあ、生き物を飼うことはご法度《はっと》なんだけどね」

と困った表情を見せた。

「おかみさん、親分に私がお願いしてみます」

と、しほが願った。

「台所を鼠が走り回っているのは確かだけどねえ、親分がどういいなさるか」

とおみつも宗五郎の返答に不安の様子だ。

しほが奥へ向かうのに政次も従った。すると亮吉も土間から板の間に飛び上がってきた。

冬にしては日和が穏やかで、宗五郎は縁側に置かれた寒菊の黄色い鉢を眺めながら煙管《キセル》をくゆらせていた。

「親分、お願いがございます」

しほが廊下に畏《かしこ》まった。

宗五郎が視線を菊の鉢からしほの腕の中の子猫にやった。

「しほ、名はなんというんだ」

しほが亮吉を見た。

「親分、捨て猫だもの、名なんてまだないよ」

「名無しの猫か」

「駄目かねえ。猫がいりゃあ鼠だって台所を駆け回らないしさ、おれたちもなんとなく和《なご》むと思うがねえ」

「子猫が鼠を捕るってか、退治できねえ鼠もいると思うがねえ」

「猫は鼠を捕るのが仕事だ、大丈夫だよ。なあ、若親分」

と政次の助けを願った。

政次は宗五郎の機嫌が決して悪くないと見てとった。

「親分は、恩がある独楽鼠だけには爪《つめ》を立てまいと言ってなさるんだ、亮吉」

「えっ、猫は独楽鼠を捕らねえか。いや、猫だもの独楽鼠だって捕ると思うがねえ」

「亮吉、親分に頭を下げるんだ」

「えっ、飼っていいのかえ」

と亮吉が喜色をあらわにした。

「おめえら、相談づくで結託してきたんだろうが。金座裏は迷い込んできた子猫一匹も飼えないかと世間様に思われたくもなし、おめえらの恨みも買いたくもなし。それにしてもうちには長いこと生き物がいなかったからな」

宗五郎が遠くを思う顔で呟《つぶや》いた。

「そうか、独楽鼠っておれのことか。そうだよな、こいつの命の恩人はおれだとすればよ、独楽鼠には爪は立てられねえ道理だな」

と感心した亮吉が、

「しほちゃん、なんぞ名を考えてくんな」

「亮吉さん、名前よりお腹《なか》が空《す》いていると思わない。餌《えさ》を与えるのが先よ」

「そうだ、飯が先だ」

しほと亮吉が台所に飛んで戻った。

政次だけが宗五郎の傍らに残った。

「親分、金座裏では生き物を飼うのはご法度にございますそうな、なんぞ理由がございますので」

「なんでも将軍綱吉様の時世の生類憐《しょうるいあわれ》みの令発布と取り締まりの悲喜劇に接したうちの四代目が、生き物を飼うことを一切禁じたと伝えられているがねえ、今となっては真実のほどは分からねえや。綱吉様は最後には泥鰌《どじょう》や鰻《うなぎ》まで捕ることも食することも禁じられたからな。人の上に立つ人がいくら生き物憐れとはいえ、人をないがしろにしてさ、困らせるなんて尋常じゃあねえ。金魚を飼っていた連中は密かに川や池に放したというぜ。そんな愚かなお触れにうちの先祖も腹の中では反発していたろうさ。

だが、十手持《じって》ちはお上の威光には逆らえねえ、そこでなにか不都合が起こらないようにうちの中で猫や犬を飼うことを禁じたんじゃないかねえ」

「以来、金座裏に犬、猫はいなかったんですか」

宗五郎が煙管の雁首《がんくび》で煙草盆《タバコぼん》を引き寄せ、灰を落とした。

「おれが十二、三の年かねえ、魚河岸《うおがし》をうろついていた犬を拾ってきたことがある。先代にもおっ母さんにも内緒で漬物倉でさ、二、三日飼っていたんだ。そっと餌をあげていたのを見咎《みとが》められて子分と一緒に捨てに行かされたっけ。親父《おやじ》は犬が嫌いだったのかねえ」

と宗五郎が遠くを見る目付きをした。

「親分、有り難うございました」

政次は子猫を飼う許しを与えた宗五郎に礼を述べた。

「生類憐みの令から百有余年が過ぎた当節だ。先祖が決めたご法度だが、新しいおまえたちには無縁のことだ。幕府開闢《かいびゃく》以来の家系なんて威張っているところにはいつの間にか、つまらねえ慣らわしやら決まり事が埃《ほこり》を被《かぶ》って溜《た》まっているもんさ。政次、そんなもの、おれに遠慮することはねえ、どんどん変えていっていいんだぜ」

政次は黙って九代目に頭を下げた。

台所に戻ると子猫が味噌汁をかけ、鰹節《かつおぶし》を塗《まぶ》したごはんをぺちゃぺちゃと舐《な》めるように食べていた。

「若親分、腹が減っていたんだね、必死で食いやがる」

しほが子猫の餌を食う様子を写生していた。

「名は決まったか」

「おれが付けていいのかえ」

「亮吉が最初に目を留めたんなら、つまりは養い親だ。親が子の名を付けるのは道理だ」

亮吉はしばし思案の体《てい》で目を瞑《つぶ》っていたが、

「小菊じゃあどうだ。親分が許しを与えなすったとき、寒菊に目を落としていなさったもの」

「小菊ねえ」

と自問するように呟く政次を見たしほが、

「お二人さん、ちょっとその名じゃあかわいそうよ」

「どうしてだ、しほちゃん」

と亮吉が問い質《ただ》した。

「だって、小菊って女の名前でしょ。この猫、牡《おす》よ」

「えっ、こいつ、牡猫か。おれに懐くから牝《めす》猫とばかり思っていたぜ」

と亮吉が言うと餌を食べ終わった子猫を抱き上げ、ぷっくりと膨らんだ腹を返していたが、

「確かに違いねえ、こいつは男だぜ、若親分」

「どうする、亮吉」

「菊助、菊次、寒太郎、寒吉じゃあ呼び難《にく》いな」

と亮吉は寒菊の二文字が頭から捨てきれないのか言った。

小猫は金座裏の広い台所の板の間を駆け回り始めた。どうやらここが自分の住処《すみか》となると分かったようだ。

「菊丸ってのはどうだ」

「菊丸か、悪くないね」

と亮吉と政次が言い合い、

「亮吉、おれの名と紛らわしいや。止《や》めてくんな」

と常丸が口を挟んだ。

「じゃあ、菊小僧《きくこぞう》って名はどう」

としほが提案した。

「菊小僧だって」

亮吉の目が無心に遊ぶ子猫にいった。

「菊丸より菊小僧のほうがこいつらしいかもしれないな」

「金座裏の菊小僧か、いいね」

「よし、おまえは菊小僧だぞ」

と亮吉が叫ぶと子猫が振り返り、
みゃあう
と鳴いた。

しほは一心に菊小僧の動きを描いていたが早描きした一枚を政次らの前に広げて見せた。そこには亮吉の腕の中で甘えるように鳴く子猫の様子が描かれ、

「金座裏の菊小僧参上」

と書き込まれてあった。

金座裏では台所と居間と二つに分かれて朝飯を食べる。

台所の板の間では住み込みの常丸ら手先たちが食し、ひと段落ついたところで女衆が交代で食する。

居間では宗五郎と政次が対面するように膳を並べて食し、おみつかしほが給仕をした。そして、それが終わると最後におみつとしほが膳の箸《はし》を取った。

大所帯の朝飯が終わった刻限、金座裏の番頭格の八百亀《やおかめ》ら通いの手先たちが姿を見せた。

居間に顔を揃えてその日の御用が親分から指示された。

「八百亀の兄さん、永塚小夜様がこの数日、神谷道場を欠席されているのですが、なんぞ聞いておりませんか」

と政次が訊《き》いたのは八百亀のお店《たな》兼住まいは、小夜の住まいの青物問屋の青正《あおしょう》の離れ家と近いからだ。

「さあて、小太郎様が風邪を引いて寝込んでおられるなんて聞いたこともないが、なにかあったかねえ」

と八百亀も頭を捻《ひね》った。

「格別急ぎの御用もないのなら、親分、町廻りの折に林道場に立ち寄ってようございますか」

と政次が訊き、宗五郎が、

「そうしねえ」

と許しを与えた。

その声を聞いたおみつが、

「政次、貰いものの干し柿と干物があるよ。少しばかり小夜様に持っていっておくれ」

と台所から声をかけた。

「おっ養母さん、承知しました」

と政次がいうところに、

「金座裏は、世は事もなしか」

という北町奉行所定廻《じょうまわり》同心寺坂《てらさか》毅一郎《いちろう》の声が玄関に響いた。

三

寺坂は大番屋から回ってきた様子で居間の長火鉢の前にどっかと腰を下ろし、

「日が出たら却《かえ》って寒くなったぜ」

と火に手を翳《かざ》した。

「金座裏、若親分らが苦労してお縄にした蒔絵職人の淀之助とおふゆだがな、ちらと会ってきたが淀之助め、観念したか富五郎殺しをおれにも認めたぜ。だが、あのかわいい面でおふゆの方は強《したた》かだな、八丁堀の旦那、私はなにも知りません、淀之助さんとは亭主が死んだあとに知り合いましたなどと抜かしていた。まあ、これから今泉様のお調べが本式に始まれば、いつまでも嘘は言い通せまいぜ」

と大番屋での二人の印象を語った。

その話を聞いた政次らは寺坂毅一郎の町廻りに従う常丸らを残して、亮吉と波太郎を従え、縄張り内の見廻りに出ることにした。

波太郎が背に風呂敷包みを負っている。

永塚小夜と小太郎親子への干し柿や干物や甘味を揃えたら、大荷物になった。

「若親分、小太郎様の綿入れが入っているからさ、背中が温《あ》ったかいや」

と波太郎は荷物も苦になる様子はない。

「波太郎、お店の手代《てだい》といいたいが、小僧が内職の品を御家人《ごけにん》の屋敷に届けにいくような野暮《やぼ》な格好だぜ」

と亮吉がさらにからかったが波太郎は平気な顔だ。

三人が龍閑橋《りゅうかんばし》を渡っていると堀から声がかかった。

「波太郎、夜逃げにしちゃあ刻限が遅いな、暮れにきて質屋通いか」

彦四郎の声だ。

三人が視線を送ると龍閑橋際の船宿綱定《つなさだ》の船頭は猪牙舟《ちょきぶね》の艫《とも》に突っ立ち、女将《おかみ》のおふじに見送られる客を待ち受けていた。

客は豊島屋の清蔵と松坂屋の松六の二人だ。

「おや、二人で暮れの墓参りにいかれますかえ」

と亮吉が声をかけた。

「どぶ鼠、年寄りだからって寺参りとは限っていませんよ。浅草にちょいと年の瀬の挨拶に行きますのさ」

清蔵はきれいに髷《まげ》が結われた白髪頭《しらが》を手でちょいと撫《な》で付けた。

「ほう、吉原に女郎買いですか」

「馬鹿野郎、亮吉め、浅草って聞けばそっちしか頭に浮かばないのかえ。松六様と浅《せん》草寺《そうじ》に注連《しめ》飾りを買いに行くんですよ」

「なんだ、寺参りと変わらないね」

と亮吉が叫び、

「それとな、来春の春先の政次さんとしほちゃんの祝言《しゅうげん》の仲人をやる気になっている松六様が今年の厄を落としてさっぱりして月下氷人のお役を務めたいと言いなさるので、お祓《はら》いも受けて参りますのさ」

清蔵の言葉に頭を下げた政次が、

「彦四郎、お二人の供を最後まで頼みますよ」

と願った。

「女将さんからも念を押されていらあ。二人して龍閑橋まで連れ戻るぜ」

と請け合った。

「なんとしても若親分としほちゃんの祝言までは元気で生きていたいものです。注連飾りもさることながら春先まで元気でありますように浅草の観音様に願ってきますよ」

と松六も言い添えると舟に乗り込んだ。

「そうだな、仲人がよいよいになっちゃあ、祝言もなにもあったもんじゃないからな。松六様、精々観音様に願って無病息災を祈願しておいでなせえ、ついでに金座裏のも頼みますぜ」

「亮吉、おまえの他はちゃんとご祈禱《きとう》を受けてきますよ」

と清蔵の悪態を残して、彦四郎は竿《さお》で船着場を押して猪牙を流れに乗せると櫓《ろ》に換えた。

三人は橋を渡って永富町を青物役所に向かった。まず永塚小夜と小太郎が住まいする青物問屋の青正を訪ねようという心積もりだ。
「政次若親分、春には祝言だ。どんな気持ちだえ」
と物心ついてから兄弟犬か猫のようにむじな長屋のどぶ板の上で一緒に遊んできた友に亮吉が訊く。
「正直なところ、三人のうちで私が最初に所帯を持つなんて考えもしなかったよ」
「だろうな、おれは彦四郎が端を切ると思ったがねえ」
「私は亮吉が最初と思ってましたよ」
と応じる政次に波太郎までが言ったものだ。
「私も亮吉兄さんがどこかのすべた女郎とくっつき合うと思ってました」
その言葉に亮吉が、
どーん
と背中の風呂敷包みを叩くと、
とっとっと
と波太郎が前のめりに歩き、向こうからきた棒手振《ぼてふ》りにぶつかりそうになって危うく止まった。
「あぶねえな、若いくせにもう腰が抜けたか」

と魚売りに言われた波太郎が、

「元さん、文句なら亮吉兄さんに言って下さいな。突き飛ばしたのは独楽鼠の兄さんなんですから」

と町内の顔見知りの魚屋に言った。

「なんだ、どぶ鼠の悪戯《いたずら》か。若親分、知ってなさるか。亮吉はね、長屋に越してきた壁塗り職人の姉娘にけんつく食らって、妹娘に相手を乗り替えたんだよ。それが姉の耳に入って親父に伝わり、親父の壁塗りからこっぴどく叱《しか》られたって話だぜ」

と永富町じゅうに響き渡る声で言うと、

「魚はいらんかねえ、鰯《いわし》が安いし新しいよ！」

と触れ声を残して通り過ぎた。

「亮吉さん、意外と持ったね」

「なんだ、その言いぐさは」

「お菊《きく》さんにけんつく食らうまでよく持ったと言うのさ」

「波太郎、今度は頬《ほお》べたに拳骨《げんこつ》を食らわそうか」

と亮吉が拳を振り上げ、

「亮吉、その分じゃ、おまえには当分嫁の来てはなさそうだね」

と政次が呆《あき》れた。

「まあ、ねえな」

とあっけらかんと亮吉が応じたところで青正の表に三人は到着していた。

「おや、金座裏の親分、見廻りかい」

と隠居の義平《ぎへい》が店の奥から顔を覗《のぞ》かせた。

間口の広い問屋は若い衆が青物役所に競りに行っている様子でがらんとして、義平一人だけが留守番をしていた。

この銀《しろがね》町界隈《かいわい》には神田川や鎌倉河岸から荷揚げされた青物が青物役所に持ち込まれ、江戸城に納められている。それだけにこの界隈には、御用達町人御青物御用所御納屋や、御用達商人敦賀《つるが》屋《や》庄右衛門《しょうえもん》家を筆頭に問屋、小売りまで多くの同業が軒を並べていた。

青正も御用達商人に準ずる扱いの問屋だ。

「このところ御用に追われて赤坂田町に朝稽古に行かれませんでした。その間、小夜様が頑張って通っておられたそうですが、私が出るようになったら小夜様が姿を見せられません。道場のお仲間に様子を窺ってこいと命じられましてね」

と政次が事情を告げると、

「それだ。私も金座裏に知らせたものかどうかと思案していたところですよ」

と応じた義平が、

「まあ、奥へ入って下さいな、店頭じゃ話にもなりませんや」

と三人は青正の三和土《たたき》廊下を抜けて裏庭に案内された。

裏庭といってもなかなかの敷地で庭木も多く植えられ、その一角に永塚小夜と小太郎が住む離れ屋があった。

三人は師走の日差しが注ぐ母屋の縁側に案内された。

波太郎の背から荷が下ろされ、政次だけが縁側に腰を下ろした。

「小夜様の指導がいいってんで、この界隈の若い衆が多く林道場の弟子に入った、若親分、このことは承知ですな」

「小夜様は教え上手です、門弟が増えて当然でございましょう」

と政次が受け、亮吉が、

「青正のご隠居、弟子の中にさ、よからぬ考えを宿した連中がいてさ、小夜様と所帯を持ちたいなんぞと言い出し、付きまとってんじゃないか。この推量で図星だな」

と口を挟んだ。

「相変わらずむじな長屋のどぶ鼠はそんなことしか考えつきませんか」

と義平にも軽くあしらわれた。

「若親分、小夜様は林道場の経営やら朝稽古通いで小太郎様の世話をお一人ではできなくなりましてな、相談された私が子守の娘を雇って、ようやく安心して自分のことに打ち込めるようになっておられます。そんな矢先、小夜様は、だれかに見張られているような気がすると洩《も》らされるようになりましてな、私がそれならば餅《もち》は餅屋、金座裏に相談なさいと申しますと、このところ若親分方は探索で忙しいゆえ、もうしばらく様子を見ると答えられたのが七日も前のことか」

「隠居、見張られている相手がだれか分からないんだな」

と亮吉が問い質した。

「亮吉さん、相手が姿を見せれば対処の仕方もございますよ。気味が悪いのは、いるのかいないのか分からない、それですよ」

「いかにもさようだ、それでその先だ」

と亮吉は自分が話を中断させたことを忘れて先を催促した。

「雇った子守は下谷山崎町の裏長屋育ちでね、名をおいねといい、私の知り合いの娘で、年は十五です。数日前のことだ、夕方、小太郎様をおぶって買い物に柳原土手まで行ったんですよ。その帰り道、柳森稲荷《いなり》のところで数人の男に囲まれたんですと。ええ、相手は渡世人のような身なりだったとおいねは言っていましたがね、こう訊いたんだそうです」

「姉さん、背の赤子は永塚小夜の子供だな」

「私、知りません。子守を頼まれただけです」

おいねは小夜から見張られているような感じがするからと注意されていたから咄嗟《とっさ》に答えていた。

「姉さん、案じることはねえ。なにかをしようという話じゃねえ。おれたちのことを永塚小夜に伝えてくれればそれでいいんだ」

「どなたです、あんた方は」

「さあてね」

「行きます」

とおいねがその場から立ち去ろうとすると相手をしていたのとは別の一人が二人の行く手を塞《ふさ》ぎ、

「背の子をおいていきねえ」

と命じた。そして、おいねを仲間が囲おうとした。

その時、柳原土手に悲鳴が響き渡った。大きな叫びだった。おいねが上げた悲鳴は柳原土手じゅうに響き渡り、

「人攫《ひとさら》いです、助けて！」

という声が続いた。

小太郎をおぶっていたおいねの機転の叫び声で男たちが夕闇《ゆうやみ》に紛れるようにさあっと散った。

「それがさ、若親分、一昨日のことだ。やっぱり金座裏に届けたほうがよかったかねえ」

と青正の隠居の義平が政次を見た。

「あったりまえだ」

とさらに言いかけた亮吉を制した政次が、

「そのことを知らされた小夜様の反応はどうであったろうか、隠居はご存じで」

「知るも知らないも、おいねがわあわあ泣きながら店に飛び込んできたからね、知ってますよ。私がおいねを小夜様の下へ連れていったんだよ」

と答えた義平が、

「小夜様はさすがに武家の育ちですね、動じることもなくおいねに怪我はなかったか、怖かったであろうと慰めておいででした」

と続けた。

「ご隠居、小太郎様を連れていこうとした野郎どもに心当たりがありそうだったか」

と亮吉が口を挟んだ。

「それがさ、おいねの興奮を鎮めるのが先で、小夜様の表情までは分からなかったんだ」

「その騒ぎが一昨日のことですね」

「いかにもそうですよ、若親分。でね、小夜様が離れ屋に引き上げなさるとき、思案したいこともございますので金座裏にはしばらく内緒にしてくれませんかと頼まれたんです」

と応じた義平が、ふうっ、と息を吐いた。

「以来、小夜様は小太郎様と行動を共になさっておられるのですね」

「道場にいくにもおいねに背負わせ、自らが刀を差し落とされて警護の侍のように付き添っていきなさるのさ」

波太郎がおぶってきた風呂敷包みの荷を離れ屋に届けた政次らは三島町の林道場に

向かった。

青正のある横大工町から三島町へは鍋町の通りを渡ればもうすぐである。三人が到着したとき、さして大きくもない林道場を異様な緊張が押し包んでいた。道場は森閑としていたがなにか異変が起こっているのは確かだった。

「若親分、おかしいぜ」

亮吉が言い、道場に飛び込もうとしたのを政次が制し、目で一人の道場を見張る体の編笠の武家を教えた。

羽織袴《はかま》の風体《ふうてい》から屋敷に奉公する武家と思えた。

三人の視線に気付いたか、武家が、
すうっ
と踵《きびす》を返してその場を離れた。

「亮吉、波太郎、あやつを尾行して屋敷を突きとめるんだ」

と政次が命じると二人が、合点とばかりにあとを追った。

一呼吸を置いた政次は林道場の小さな玄関から道場に通った。その瞬間、

「叩き殺しても小太郎を連れていくぜ」

と宣告するような声が響き、政次の眼前で長脇差《わきざし》やら匕首《あいくち》が煌《きら》めき、小夜の木刀が

それを打ち払い、腰や足を打ち据えて狭い道場に二人を転がした。

残るのは三度笠に道中合羽《ガッパ》で旅仕度の兄い株ら三人だ。

「女と侮ったが意外と手強いぜ。三次《さんじ》、一気に押し包むぜ」

と手にした長脇差の柄《つか》に唾《つば》を吐きかけた。

政次は背に差し込んだ銀のなえしを抜くと、

「白昼、なんの真似事ですね」

と静かに言った。

ぎょっ
とした連中が政次を見た。

小夜が政次を見て、

「若親分」

と小さな声で漏らした。

「てめえは何者だ」

「金座裏の政次でございますよ」

と松坂屋の奉公が長かった政次の口調は丁寧だ。

「金座裏だと」

相手は金座裏の意味を知らない様子で政次が構えた銀のなえしを訝《いぶか》しそうに見た。

するとそれまで黙って騒ぎを見ていた門弟の若い衆が、

「おい、てめえら、金座裏も知らない田舎者《いなかもの》か。金座裏の十手の親分といえば江戸では子供だって知っていらあ。この若親分は金流しの十代目を継ぎなさる政次さんだ。ただの若親分と思うなよ。赤坂田町の直心影流《じきしんかげ》、神谷丈右衛門道場で五指に入ろうという剣術の達人だ。うちの女師匠とは剣友だ。てめえら、さんざん脅し文句を連ねたが、今度は小便ちびらす番だぞ」

と叫んだ。すると兄貴株が、

「おい、引き上げるぜ」

と仲間の四人にあっさりと命じ、小夜がどうしたものかと迷うのを政次が、

「小夜様、事情は知らないがこやつらは雑魚《ざこ》のようだ。好きにさせなさい」

と放免することを促した。

五人が慌てて道場から姿を消し、ほっと安堵《あんど》の空気が林道場に漂い流れた。

四

林道場には見所《けんぞ》などない。小さな道場の隅に小太郎を抱いた小娘がいた。おいねだ

ろう。さらに五、六人の門弟があちらこちらの壁際に身を寄せていた。まともな稽古着を着ているものなどだれ一人としていない。古びた袷《あわせ》の裾《すそ》を絡げ、襷《たすき》にかけた格好だ。なにしろ青物市場を中心に暮らしを立てている界隈だ。道場主が女ということもあって武士の弟子はほとんどなく、青物問屋などに勤める若い衆や女が主だ。

「林道場の師匠はよ、子連れだが若くて器量よしだぜ」

というので冷やかしで師弟の誓いをなし、なんとなく剣術の稽古が面白くて残った連中だ。

「若親分、ご迷惑をお掛け申しました」

と頭を下げる小夜に、

「稽古をお続け下さい」

と政次は願い、自らも羽織を脱いで稽古に加わった。

「おい、金座裏の若親分も稽古をしようというのか。ならばさ、おれにさ、赤坂田町の神谷道場がどれほどのものか、教えてくんな」

と最前政次について講釈した若い衆が竹刀を片手に政次の前にきた。

「力《ちから》どの、勘違いをしてはなりませぬぞ。若親分にご指導を仰《あお》ぐのです、よいな」

と女師匠は弟子の非礼を気にした。

「大丈夫だって、小夜先生。おれだって政次さんを負かそうなんて考えてないさ」

と言いながらも青物問屋に通い奉公する力が腕を撫《ぶ》した。

「お願い致します」

と政次も借り受けた竹刀をやわらかな構えで正眼《せいがん》に置いた。

「えい、おりゃ」

と自らに気合いを入れた力は、上段に構えた竹刀を前後に動かして政次の機を窺い、

「若親分、こうして見るとでっけえな」

とか、

「ほんとにさ、打って出ていいのかえ。おりゃ、親が力って名前つけたせいで馬鹿力だけはだれにも引けを取らねえぜ」

とか口で政次に先制攻撃をかけてきた。

「力さん、お好きなときにお好きなように踏み込んできて下さい」

「そうかえ、行くぜ」

と両足を踏み替え、体の構えを変えつつ、政次に打ちかかろうとした。だが、どうも最後の一歩で躊躇《ちゅうちょ》した。

「青物屋の力公、言葉ほどもねえがどうした。いつも小夜先生が言っているだろうが、

下位の者は先をとれってな。おめえは力むだけで前に出てねえぜ」

と仲間が冷やかし、

「くそっ、熊《くま》、おりゃ、今、若親分をどう倒そうかと数ある技を考えているとこだ。少し黙ってやがれ」

と相変わらず上段の竹刀を前後に動かすばかりで攻撃に出られないでいた。

政次がすいっと踏み込んだ。

「おおっ」

と驚きの声に変わった力が思わず退《ひ》いた。さらに政次が詰めた。

「おうおうお」

と気合いを発しつつ力は羽目板まで下がり、どーんと背中をぶつけて、

「ありゃ、羽目板がおれの背にくっつきやがった」

「馬鹿野郎、羽目板が動くか。おめえが独りでに退いたんだよ」

「えっ、そんな馬鹿な」

と左右を見回し、政次の正眼の竹刀に威圧されてどこにも逃げ場がないことを悟った力は、

「若親分、ものは相談だが羽目板が背にくっついていちゃあ窮屈でいけねえや。ちょ

いとおめえさんが下がってくれめいか」

「承知しました」

と政次が元の場所に戻った。

「よし、そろそろ力様の本領発揮だぜ」

と言うと、

「えいっ、おう」

と独りで気合いをかけては応じ、覚悟したように、

「そりゃ」

と半身になって突進してきた。だが、上体が前のめりになった構えで足が追いついていなかった。その姿勢から上段の竹刀を政次の脳天に振り下ろした。

政次が十分に引き付けておいて振り下ろされる竹刀を軽く弾《はじ》いた。すると腰をひょろつかせた力が、

「ありゃありゃ」

と悲鳴を上げながら足を縺《もつ》れさせ、ばったりと床に転がった。

「力、おめえ一人で相撲《すもう》とってどうする」

「なにっ、一人相撲だと」

「おうさ。若親分はただおめえの竹刀を避けなすったただけだよ」

がばっ
と床から飛び起きた力が胡坐《あぐら》を搔くと、

「小夜先生、なんでこうなる」

と聞いた。

「なんでと申されても、打ち込みにもなにもなっておりませぬ」

「えっ、大人と子供の立ち合いか」

「いえ、力さんが勝手に足をもつらせて」

「ありゃ、それほど不様か」

「不様不様」と仲間が同意した。

ふうっ
と溜息《ためいき》ついた力が何事か思案していたが、

「若親分よ、おれの面子《メンツ》というものもあらあ。ほれ、道場でさ、上手同士が打打発止《ちょうちょうはっし》と打ち合うじゃねえか、あれをさ、八百長でもいいからさ、演じさせてくれまいか」

「力公、てめえの本業は八百屋だが、金座裏の若親分相手に八百長の打ち込みを願うのか。厚かましいもほどがあらあ」

と仲間が言い、小夜も注意しかけたが、

「どうぞ」

とあっさり政次が受けた。

「よし、今度ばかりは性根すえていくぜ」

と上段から正眼へと構えを変えた力に対して政次は竹刀を脇に落として隙《すき》を作った。

それに勇気を得た力が、

「お面」

と踏み込みながら打ってきた。政次は竹刀を回して払うと力に二の手が出易《でやす》い態勢と間合いを与えた。

「胴でどうだ」

と胴打ちを敢行する力を政次は丁寧に返し、力がさらに三の手に移った。竹刀が絡み合うこと七、八合、力は調子が出てきたか、
ぴょんぴょん
と飛び跳ねながら竹刀を繰り出していたが直ぐに足が縺れてきて自ら床に転がった。

「力どの、もうようございましょう」

と小夜が割って入った。

「小夜様、おれだって分かっているって」

とその場に正坐し直した力が、

「若親分、おれのは剣術じゃねえ、餓鬼の遊びだ。おめえさんは強いぜ、参りました」

と潔く頭を下げた。

「力さん、私だって赤坂田町では未《いま》だ子供扱いです。お互い地道に頑張りましょうか」

「そうか、政次さんも子供扱いか。となりゃ、おれなんぞ神谷道場にいくとひょっこかねえ」

と妙に得心した。

林道場の稽古はそれから一刻（二時間）後に終わった。お店者《たなもの》や職人衆の弟子がわいわい賑《にぎ》やかに道場を去り、

「若親分、さぞご迷惑でございましたな」

と小夜が詫びて道場横に設けられた狭い台所で茶を淹《い》れてきて政次に供してくれた。

「頂戴《ちょうだい》します」

と一口飲んだ政次が、

「最前の者たち、一昨日小太郎様を連れ去ろうとした連中ですね」

と訊いた。

小夜がおいねを見た。

「小夜様、私、柳原土手では怖くてなにも覚えておりません。道場にきた男衆は旅姿でしたし、似ているようでもあり、違うようでもあり、分かりません」

とおいねが首を振った。

「若親分、私はなんとなく同じ連中と思えます」

「身に覚えはございますか」

「それが、あのような渡世人ともめ事を起こした記憶がございません」

「小夜様、あの者らは頼まれただけです」

「黒幕は別と申されますか」

「私どもが最前こちらに参ったとき、屋敷奉公の武家と思える人物がこの道場を見張っておりました。おそらく最前の者たちを雇うた者ではございますまいか」

「武家ですか」

永塚小夜の父親は陸奥伊達《むつだて》藩仙台城下で町道場を開き、多くの家臣に円《えん》流を指南して暮らしていた人物だ。小夜はその道場に流れついた二人の剣術家の一人と情を交わし、小太郎を懐妊して、それが江戸に出る切っ掛けになっていた。

小夜の脳裏に思い描かれたのは父親のことか。

「亮吉と波太郎がその武家のあとを尾行しておりますれば屋敷が分かりましょう」

「若親分、あれこれとご心配かけました」

「小夜様、私どもはすでに家族同然の付き合いかと存じます。小太郎様が攫われそうになった後、なぜ金座裏に相談なされませんでしたので」

「そのことをただ今悔いております。ですが、あの頃、若親分方は御用多忙で神谷道場の朝稽古にも姿を見せておられませんでした。それでつい」

「私どもがいなくとも宗五郎がおりましたよ」

政次の問いに小夜が返答につまり、

「迷うたのです」

「なにを迷われましたな」

「小太郎を攫ったところで私に大金の蓄えなどございませぬ。となれば金目当ての小太郎攫いではございますまい。江戸に出て恨みを買った覚えはなし、とすると仙台城下のだれかが動いたかと漠然と考えておりました。それが今、若親分の話を聞いて、やはりなにか仙台がらみではないかと思うております」

　政次は頷いた。

　亮吉と波太郎が三島町の林道場に戻ってきたのは正午前のことだ。

「若親分、待たせたな。芝くんだりまで引き回されて時間がかかったんだ」

「亮吉、波太郎、ご苦労だったな」

　と労《ねぎら》った政次に、

「筑前《ちくぜん》秋月藩黒田家五万石の上屋敷が芝の新堀川沿いにあるのを若親分も承知だな。あの編笠《あみがさ》の武家は黒田家江戸屋敷御組外頭百七十石石ヶ谷《いしや》七郎太夫《しちろうだゆう》様と申されるところまでは判明した。だがよ、秋月藩の家臣がなぜ渡世人を雇ったか、あるいは全く関《かか》わりがねえのかまでは分からないや」

　と亮吉が報告した。

「ようも短い時間に調べ上げたな」

「まあ、この辺が金座裏で長年巣食っている亮吉様の腕前だ」

　と胸を張る亮吉に波太郎がにたにたと笑った。

「小夜様、黒田様についてなんぞ覚えがございませぬか」

　しばらく沈思していた小夜が顔を横に振りかけ、それを途中で止めて、

「もしや」

と言った。

「なんぞ気が付かれたことがあれば教えてくれませぬか。奴らは決して小太郎様を攫うことを諦《あきら》めたわけではございません。そのためにもどんな手掛かりでもいい、知りたいのでございますよ」

政次の理を分けた言葉に小夜が頷き、

「若親分は八重樫七郎太《やえがししちろうた》様と秋田数馬《あきたかずま》様の二人を覚えておられますな」

「むろんのことです」

二人は、小夜の父親が道場主の仙台城下の円流永塚道場に滞在する剣術家であった。日ごろから厳しい指導で恐れられる父親に反発した小夜は数馬に惹かれ、ついに情を交わし、妊娠した。そう、数馬は小太郎の実の父親であったのだ。

だが、数馬は小夜の妊娠が父に知れたとき、その怒りを恐れて黙って仙台から立ち去っていた。小夜の苦衷《くちゅう》を察した八重樫七郎太は、自ら小太郎の父親と名乗り出た。厳しい折檻《せっかん》を受けた八重樫七郎太は仙台から逐電した。だが、小夜と江戸での再会を慌ただしくも約定して別れていたのだ。

江戸に出た八重樫は、暮らしに困窮し、山の手六阿弥陀《ろくあみだ》参りの両国米沢町の四ツ目屋の隠居好七《こうしち》を六番の赤坂一ッ木龍泉寺《りゅうぜんじ》で殺して財布を奪い、追い詰められた後、政次との一対一の対決に敗れて、死んでいた。

「若親分、あの二人の出が西国というだけで、小夜は生国《しょうごく》はどこかはっきりとは存じませぬ。ですが、八重樫様が深川の木賃宿でふと、梅林に囲まれた秋月陣屋にいつの日か私と小太郎を連れていきたいと洩らされたことがございます」

「秋月陣屋ですと」

政次はそこがどこの地か頭に浮かばなかった。

「私は聞き返しました。すると八重樫様が筑前国野鳥川のほとりにあると洩らされました」

「小夜様、あの二人はひょっとしたら、筑前秋月藩の家臣であったやもしれませぬな」

政次の言葉に頷きつつも、

「あるいは旅の途次に立ち寄られた土地やもしれませぬ」

と小夜が言い添えた。

「調べれば分かることです」

と政次が答えていた。

「若親分、どうしたものかねえ」

と亮吉が今後探索をどうするか訊いた。

「金座裏に戻り、親分に相談申し上げようか」

と養父の知恵を借りることを告げた政次は、

「小夜様、あいつらが小太郎様に拘《こだわ》る理由が判然とはしませぬが、危険が繰り返されることだけは考えられます」

「なんとしても小太郎の身、小夜が守ります」

と母親が決然と言った。

「だが、小夜様には林道場の門弟衆を指導する仕事もあれば、家事もございましょう。おいねちゃんと二人になる時を狙《ねら》って奴らが再び襲うことも考えられる。どうです、小夜様、当分金座裏に小太郎様と一緒に移ってこられませぬか」

と政次が提案し、即座に亮吉が、

「そいつはいいや。金座裏がなにか知らない連中が金座裏を襲うとなれば、一網打尽に捕まえればいいこった。小夜様、そうしなせえ」

と小夜を促した。

「親子で厄介になるなんて厚かましくはございませんか」

「小夜様も小太郎様も金座裏を知らないわけではございますまい。部屋はいくらもございます、おいねちゃんも一緒にこの一件が片付くまでどうです。さすれば小夜様は神谷道場の朝稽古にも通え、この林道場の指導には金座裏からお一人で出向かれればよいことだ」

「若親分、それがいい。小夜様一人を野郎どもが襲うとしても反対に懲らしめられるだけだもんな」

　と亮吉も賛同した。

　小夜がしばし思案した末、

「政次若親分、小太郎は小夜の命にございます。なんとしても命は守り育てとうございます。それが命を捨てて私ども親子を守ろうとなされた八重樫七郎太様の意に叶《かな》うことでもございます」

　と言った。

　政次はその言葉を複雑な思いで聞いた。

　八重樫七郎太が俠気《きょうき》の武士であったことは確かだろう。卑怯《ひきょう》な友に代わり、小夜が宿した子の父親であることを認め、小夜の厳父の折檻を受けて小夜の秘密を守り通したのだ。だが、江戸に出て魔がさしたか、人ひとりを殺して金子《きんす》を奪う罪を犯していた。それを追い詰め、小夜の見ている前で対決して銀のなえしで一撃し、命を絶ったのは政次だ。

そのとき、小夜は政次の仕打ちを許さなかった。だが、今や政次が八重樫を生かして捕えることがどれほど残酷なことか理解していた。

六阿弥陀参りの老人を殺し、金銭を奪った人間には厳しい調べの後、死罪が待ち受けていたのだ。

政次は捕り物の中での

「死」

を与えることで八重樫七郎太の苦しみを避けたのだ。

小夜はそのことを承知していた。

だが、政次には御用とはいえ初めて人の命に手をかけた記憶を胸の中から消しえないでいた。その思いを振り切るように、

「まずは金座裏に参りましょうか」

と小夜に言っていた。

第二話　暮れの入水

一

金座裏《きんざうら》が急に賑《にぎ》やかになった。子猫の菊小僧《きくこぞう》が大家族の一員に加わったと思ったら、永塚小夜《ながつかさよ》、小太郎《こたろう》、それに子守のおいねの三人が同居することになったのだ。

おみつは、

「政次《せいじ》としほちゃんの子が生まれたときのためにさ、小太郎様の世話を精々しようかね」

と張り切った。

小夜ら三人は金座裏の座敷一室を与えられた。

小夜は金座裏から赤坂田町《たまち》の神谷《かみや》道場に政次と連れ立って通い、金座裏に戻った後、朝飯を終えて三島町の林《はやし》道場に通う暮らしが始まった。

宗五郎《そうごろう》は、北町奉行所を通して秋月藩黒田家を探ることにした。

そもそも大名家が絡む一件に町方《まちかた》が口を挟む権限はない。大名諸家を監督するのは幕府大目付《おおめつけ》だ。それになにより永塚小太郎を誘拐しようとした渡世人の背後に秋月藩江戸屋敷の御組外頭の石ヶ谷七郎太夫がいるという確証は得られていないのだ。

だが、一方で市井《しせい》に暮らす永塚小夜の子、小太郎が誘拐されそうになったという厳然たる事実があった。その遠因がもし過日の八重樫七郎太《やえがししちろうた》に絡む事件にあるとしたら、お上の御用を長年にわたり賜《たまわ》ってきた金座裏の宗五郎も見逃しができないことだった。

宗五郎は北町奉行所を通し、大目付への問い合わせと同時に秋月藩江戸屋敷に出入りする商人などに聞き込みを行い、秋田数馬《あきたかずま》と八重樫七郎太が秋月黒田家の家臣であったかどうかを探った。

秋月藩は元和九年（一六二三）に福岡藩主であった黒田長政の遺言により、長政の三男長興《ながおき》が二代藩主黒田忠之から夜須《やす》、下座、嘉麻《かま》三郡の内五万石を分与されて成立した藩だ。ゆえに福岡藩の支藩であったが、幕府から朱印状を授けられた独立支藩でもあった。

また藩成立時、本藩と不和があり、それが秋月藩の独自性を保ち続ける一因にもなっていた。

天明期に入り、第八代秋月藩主になった長舒《ながのぶ》が、本藩黒田家の藩主斉隆《なりたか》が幼少であ

った ために福岡藩に代わり長崎警備を務めるなど本藩支藩の関係を深めていた。

宗五郎は実際の探索を政次に任せ、若い政次らの縁の下の力持ちに徹していた。

政次は地道な聞き込みを続けていたが、なにしろ大名家の話、芳《かんば》しい手がかりを得られないでいた。

だが、偶然なところから糸が解《ほぐ》れてきた。

神谷丈右衛門《じょうえもん》道場の門弟に福岡藩黒田家の御番衆の添田泰之進《そえだたいのしん》がいたことに気付き、稽古《けいこ》が終わった後、藩邸に戻る添田に政次は同道を願い、その途中話しかけた。

福岡藩の上屋敷は桜田門外裏霞《かすみ》が関《せき》だ。帰り道は一緒だ。

その朝、小夜は小太郎が熱を出したこともあって朝稽古を休んでいたから政次一人だ。

「添田様、ちとお尋ねしたき儀がございます。御用のことにございますればご不快に思われるやもしれませぬが、その節は平《ひら》にご容赦下さい」

と神谷道場の先輩に丁重に願った。

「それがし、金座裏の若親分から調べを受ける所業をなした覚えはないがのう」

と政次より十いくつか年上の添田が余裕の笑みで応じた。

「いえ、添田様のことでも福岡藩黒田家のことでもございません」

「というとなんじゃな。まずお尋ねあれ、それがしが応えられぬことなればその旨忌《き》憚《たん》なく申す。その折はお許し願おう」

と鷹揚《おうよう》な返答だった。そこで政次は、

「永塚小夜様に関《かか》わる話にございます」

と前置きして差し支《つか》えない程度に秋田数馬と八重樫七郎太らの行状から小太郎が誘拐に遭《あ》いかけた話を伝えた。

「なんと、そのような難儀に永塚小夜どの親子がのう」

と添田は関心を示した。

「若親分、秋田数馬と八重樫七郎太が秋月藩士であったかどうかを調べればよいのだな」

「お願いできましょうか」

「それにしても藩士が仙台城下まで剣術修行に出向くことなど考えられぬ。もし秋月藩士であったなれば二人して脱藩したか、せざるをえない理由を持っていたことになる。調べてみよう」

「有り難うございます」

政次は頭を下げた。

「同門の、それも金座裏の若親分の頼みを無下《むげ》に断るわけにはいかんでな」

と笑った添田が、

「本藩のことなればちと厄介じゃが、秋月なれば支藩筋だ。それがし、手づるがないこともない。一日二日時を貸してくれ」

と添田が請け合ってくれた。

政次が金座裏に戻ると小太郎の熱が下がらぬとか、金座裏に出入りの金吹町《かなぶきちょう》の医師、村越玄易《むらこしげんえき》が呼ばれていた。

「近頃、巷《ちまた》に風邪《かぜ》が流行《はや》っておりましてな、年寄り子供がかかります。急に寒くなったせいでしょう。二、三日熱を発し、下痢《げり》嘔吐《おうと》の症状を見せる者もおりますが、格別効く薬とてなく温かくして静養させるしか手はございません」

と、それでも薬を調合してくれた。

金座裏にはおみつを筆頭に女衆はいくらもいたし、なにより小夜が付き添いで看病した。

そんな騒ぎをよそに子猫の菊小僧は台所をわが住処《すみか》と思ったか、駆け回っていた。

その翌日も小夜は朝稽古を休んだ。

稽古が終わった頃合い、添田泰之進が政次に近寄り、

「若親分、この後、なんぞ御用がござるか」

と聞いた。

「いえ、いかようにも都合がつきます。それが私どもの御用にございます」

「ならば付き合うてくれぬか」

政次は畏《かしこ》まって受けた。

当然、昨日願った件と関わりがあると思ったからだ。

二人は赤坂田町の神谷道場を出ると赤坂御門から諏訪《すわ》坂を上がり、大横町から麴町《こうじまち》五丁目を三丁目まで東進して、麴町三丁目横町通をひたすら北へ進んだ。すべて武家地で正月仕度《じたく》か、大掃除や煤払《すすはら》いの気配が見られた。

師走《しわす》の武家地を添田は黙々と歩き、政次も黙って従っていたが九段坂を下るところで添田が足を緩めて口を開いた。

「若親分、秋田数馬と八重樫七郎太じゃがな、そなたらが推測したように寛政八年まで秋月藩士であったわ」

やはり、と応じた政次は、

「四年前に二人が脱藩する異変がございましたので」

「そこまでは分からぬ」

と答えた添田が、

「秋月藩はただ今聖堂改築を命じられておってな、普請がちと長引いておる。それがし、そなたをその普請場に案内致す」

「はい」

と政次は受けた。

どうやらそこで秋月藩の家臣と政次を引き合わせる気のようだ。

「添田様は秋月藩と手づるがないこともないと仰《おつしや》られましたが、福岡藩と秋月藩は元々黒田家の本家と分家の間柄にございますな」

「いかにもさようだ。だがな、分知の折、両家に争いが生じたとかで当初本藩支藩の付き合いも絶えていたそうな。争いの真因が奈辺《なへん》にあるのか、今となってはわれらでは知り難《がた》い。はっきりしていることは長興様の時世下に福岡本藩の光之様と和睦《わぼく》がなったことだ。近頃では長崎警備を秋月藩が分担したりして本藩支藩の関わりが戻った。それがしが秋月に手づるがあると申したのは、理由がござる。近年本藩から秋月御用請持《うけもち》なる役職で目付役が出るようになった。それがし、今から七、八年前に上司沢村《さわむら》様の御供で秋月に短い間だが、滞在したことがござってな」

と事情を説明した。

「秋月藩が聖堂普請を命じられておるとお聞き致しましたが、秋月の藩財政はいかがにございますか」

「若親分、大名諸家で内所が楽というところなどどこにもないぞ。大きな声では申せぬが、家臣一同爪《つめ》に火を灯《とも》すように倹約蓄財したかと思うと、新たな普請が幕府より命じられる。支藩の秋月とて同じこと、本藩の長崎警備を代わったり、鶴岡八幡宮の修復を命じられたりと、このところ急激に財政は悪くなっておると聞いた。今から十三年も前か、秋月で大きな打ちこわしが起こったほどじゃ」

政次は二人が秋月藩の武士であった以上、なにが原因の脱藩か考えて問うたのだった。

二人はようやくにして昌平《しょうへい》橋を渡り、聖堂や学問所の屋根が大きく波打つのが見える湯島横町に出た。もはや聖堂は直《す》ぐそこだ。

聖堂は孔子《こうし》を祀《まつ》った堂宇で、孔子廟《びょう》ともいった。

寛永九年に上野忍ヶ岡にあった林羅山《らざん》の私塾に建てられたものを元禄三年(一六九〇)に五代将軍綱吉が湯島の地に移したのだ。以来、湯島聖堂、あるいは単に聖堂と呼ばれてきた。

この界隈は孔子の故郷である魯《ろ》の昌平郷にちなんで昌平坂と呼ばれ、隣接した学問所は昌平黌《こう》と呼ばれた。

添田は湯島聖堂の表門に訪《おとな》いを告げた。すると門番には知らされていたらしく、二人は敷地内に入ることを許された。さらに仰高門などいくつか内門を潜《くぐ》り、北の奥の一角にある大成殿に出た。

孔子像が祀られた本殿だ。

どこからともなく槌音《つちおと》が響いてきた。

聖堂、学問所ともに度々《たびたび》火災に見舞われ、その都度に改築が行われてきた。

此度の普請は大規模なもので大成殿の他にすべての門を黒漆塗りに、殿内を石敷にするという中国風の改築であった。

二人はまず大成殿に拝礼した。

政次は思いがけなくも聖堂を訪れ大成殿に拝し、静かな感激の思いを抱いた。そのとき、

「添田氏《うじ》」

と二人の背から声が掛かった。振り向いた添田が、

「ご造作《ぞうさ》をかけ申す、諏訪《すわ》どの」

諏訪と呼ばれた人物は添田と同年輩で小太りの武士だった。諏訪は、

「この若者が金座裏の跡継ぎどのか」

と政次ににこやかに笑いかけた。どうやら政次がいくことだけは知らされていたようだった。

「それがしと剣術が同門でな、神谷道場でも五指に数えられる腕利きだぞ」

と諏訪に政次を紹介し、

「秋月藩目付の諏訪九平次《くへいじ》どのだ、若親分」

と政次に諏訪を引き合わせた。

「目付は昔のこと、ただ今は聖堂改築の作事奉行でな、一日も早い完成のために作事方の尻を叩《たた》く係だ」

と苦笑いした。

「諏訪様、金座裏の駆け出しにございます。以後お見知りおきの上、お引き回しのほどお願い申します。また本日は多忙なさなか、真《まこと》に申し訳ないことにございます」

と政次も丁重に頭を下げた。

「当家に関わる願い事とはなんだな」

と諏訪が添田と政次の顔を交互に見た。

「ちと話が複雑じゃが、諏訪どの、どこか三人で話せるところはござらぬか」

添田の言葉に諏訪が頷《うなず》き、大成殿横手の、普請を差配する秋月藩の作事場に二人を案内していった。そして、

「作兵衛《さくべえ》、茶を淹《い》れてくれ」

と作事場の世話をする火の番の老人に大声で命じた。

「こんなところで相すまぬな。作兵衛は耳が遠いので話を聞かれる心配はござらぬ」

と大火鉢を囲んだ縁台に二人を座らせた。

「金座裏が関わるような話となると厄介そうじゃな」

「諏訪どの、四年前まで秋月藩に在藩された家臣の話にござる」

「藩籍を離れたものとな。して、その者の名は」

「秋田数馬と八重樫七郎太と申す」

ふうっ

と大きな息を吐いた諏訪が、

「江戸で厄介事をあの者ら、なんぞ引き起こしたか」

と呟《つぶや》いた。

「あとは若親分に話を任そう」

と添田が政次を見た。

首肯《しゅこう》した政次は永塚小夜、小太郎母子を中心に仙台城下での話、さらには江戸で八重樫七郎太が起こした道場破りや六阿弥陀《あみだ》参りの老人殺しの一件、さらに八重樫の亡骸が深川西念寺《さいねんじ》に埋葬されていることなどを克明に語った。

話を聞き終えた諏訪はしばらく沈黙していたが、

「なんとのう。われら、常々武家奉公は不自由なものよと嘆いておるが、形ばかりでも浪々の身となるとそこまで落ちるか」

と謎《なぞ》めいた言葉を吐き、嘆息した。

「金座裏の若親分、やはり当家にとって厄介事を持ち込まれたぞ」

「諏訪様、金座裏の宗五郎は幕府誕生の折からこの八百八町の治安の一翼に九代にわたり携わってきた御用聞きにございます。代々伝わる金流しの十手にかけて、お家、お店《たな》の不為になることとなれば目を瞑《つぶ》ることを承知しております。諏訪様、私は秋月藩に迷惑かけずに済む策をなんとか考えます、そのためにも二人が藩を離れた事情をお話し下さいませぬか」

と政次が事を分けて願い、傍《かたわ》らから添田も、

「諏訪どの、われらが剣術の師の神谷丈右衛門様は、この者の養父、金座裏の九代宗五郎親分とも親しき交わりをしておる。それもこれも金座裏の親分の人望を承知じゃ

からだ。その親分の目に叶い、十代目を約束された政次若親分じゃぞ。年こそ若いがこの若親分、なかなかの人物である。信頼して打ち明けてくれぬか、秋月藩の悪いような始末をつける筈《はず》もない」

と言葉を添えてくれた。

「添田どの、なにも金座裏を信頼してないと申すのではない。将軍家が許された金流しの十手の親分がただの御用聞きでないことくらい江戸勤番《きんばん》のそれがし、重々承知にござる。ゆえにこうして会っておる」

と諏訪の返答に二人は頷いた。

「だが、秋月藩に関わる秘事、それがしの一存で外に漏らしてよいかどうか正直迷い、思案したところである。じゃが、八重樫七郎太がこの江戸で殺しまで犯して若親分に討たれ、今やこの世の者でないそうな。さらには秋田数馬が卑怯《ひきょう》未練な振る舞いのあと、姿を消したという。そして、今また奇怪な人攫《ひとさら》いに当家の御組外頭石ヶ谷七郎太夫どのが関わりを持つと疑われておる。返答は慎重にならざるを得まい。若親分、この一件、内々に始末つけられるかどうか、まずその存念を聞かせてもらえぬか」

「その上でお洩《も》らしになると申されますので」

「黒田家の名誉ならびに重臣一家の存亡に関わる話にござればな」

「諏訪様、金座裏十代目の名にかけてお誓い申します。私どもは幼い命を守りたいだけにございます。秋月藩にもまたご重役家にも迷惑がかからぬよう御用を勤めます」

としか政次は答えられなかった。それでも諏訪はなにか思案していたが、

「それがしの推量があたっておるかどうかは知らぬ。だが、御組外頭石ヶ谷どのの行動は、永塚小太郎どのの命をどうしようという話ではあるまいと思う」

「では、なんのために小太郎様を攫おうとなされるのでございますな」

それは分からぬ、と諏訪は前置きした。

「おそらく四年前、秋月領内で起こった騒ぎからそなたに話しせねばなるまいな」

と諏訪が呟き、作兵衛爺が淹れた茶を喫して喉《のど》を潤した。

「秋月藩の職制には大きく三つに分かれてござる。馬廻《うままわり》は、家老、中老、御用人、御納戸頭、奥頭取、馬廻頭、無足頭、目付頭、勘定所奉行、町奉行、郡《こおり》奉行など重要な役職を担当致す。次に無足は、御納戸、小姓、江戸金奉行、銀奉行、黒崎蔵奉行、博多蔵奉行などの役職に就く。組外とは、祐筆《ゆうひつ》、御茶屋玄関番、郡方帳元などを務める。

この三つが士分にござってな、秋田本家は中老の一家だが、近年度重なる失態で執政から遠のけられておる。また八重樫家は長柄頭を務めておる。数馬は秋田家の次男、七郎太は三男坊にござったが、ともに秋月城下の立花《たちばな》流森村《もりむら》伊織《おり》道場でなかなかの腕

前と評判であった」

八重樫七郎太は江戸で永塚小夜と再会を果たすために各道場を回り、賭《か》け勝負を挑んでいた。その七郎太の軍門に下ったのは、本郷菊坂《きくざか》町の一刀流《いっとう》宗沢十右衛門《むねさわじゅうえもん》道場を始め、四道場だ。

いずれも江戸では評判の剣道場だ。

政次は、七郎太と対決した深川黒江町の河岸での一夜を思い出していた。

賭け勝負で修羅場を経験してきた七郎太は、なかなかなどという生半可の技量ではなかった。政次が一歩踏み込みを間違えば斃《たお》されていても不思議ではなかった。

「次男と三男坊ながら自慢の倅《せがれ》、どこぞに婿の口を探しておられたはずにござる。それが四年前、二人の運命は暗転した」

と諏訪はまた温《ぬる》くなった茶で舌先を湿した。

「その年、領内に旱魃《かんばつ》が襲い、作物は半減どころか三割方も収穫できなかった。とくに夜須郡では米を始め、藩特産物の櫨《はぜ》、楮《こうぞ》、漆までもが全滅に近い被害を受けた。そこで農民どもが筵旗《むしろばた》を押し立て、秋月城下に強訴《ごうそ》に出る構えを見せた。むろん年貢《ねんぐ》米の免除を願ってのことだ。だが、藩財政も苦しい折、農民の訴えを聞く余裕もござらなかった。そこで藩では色々と手段を講じ、強訴の主謀者の下淵村の庄屋次左衛門《じざえもん》らと交渉を重ねた。じゃが、互いがあとには引けぬほど苦しいのでござる。話し合いは決裂し、また再開され、そして物別れに終わった」

諏訪は、

ふうっ

と肩で息をした。

「強訴の百姓らが大挙して八丁口から城下に侵入し、野鳥川を越えてとうとう秋月城館に押し掛け、打ち壊しも辞さずという通告を次左衛門が藩庁に示したあと、一統は宮地嶽神社の境内で一夜を過ごすことになった。その夜明け前、何者かによって次左衛門ら強訴の主謀者五人が暗殺された」

諏訪は再び言葉を切り、添田と政次の口から期せずして、

ふうっ

という重い溜息が洩れた。

二

「動揺する農民らの間に暗殺に関わったのは二人、森村伊織道場の者だと噂《うわさ》が流れた。

それが秋月城下じゅうに広がり、その直後、城下から秋田数馬と八重樫七郎太の二人

が脱藩したのでござる」

「強訴の主謀者ら五人を暗殺したのはこの二人にござるか」

と添田が諏訪に訊いた。

「それがし、その当時、江戸藩邸におったゆえ秋月城下の重苦しい雰囲気も真相も正直与《あずか》り知らぬ。国許《くにもと》では強訴の百姓に訴えを聞き入れると約定し、一旦村に戻したのでござる。むろん藩外にこの騒ぎが洩れぬような厳重な緘口令《かんこうれい》を取ったはずにござる。それゆえに江戸屋敷でも騒ぎの経緯と真実を承知の者は数人に限られておりましょう。それがし、目付にござれば秋月からの文書を読むことも可能にござった」

と言外に騒ぎの経緯を知る一人と諏訪は匂《にお》わせた。

「風聞というものはおうおうにして真実を突いておるし、また秋田と八重樫が城下から姿を消したのは事実にござる」

「諏訪様は、秋田と八重樫の両人が藩命で強訴の主謀者を斬《き》ったと申されますので」

「若親分、その問いから逃げるわけではござらぬ。じゃが、それがし、江戸勤番、騒ぎから遠く二百何十里と離れた江戸におった。ただ……」

と諏訪が言葉を絞り出すように告げ、口を閉ざしたが、沈黙は短かかった。

「二人が消えた秋月領内に、秋田と八重樫は数年後に藩に戻り、しかるべき重臣の娘を貰うという風聞が流れ、それが江戸屋敷にも伝わって参った。まさか二人が仙台伊達家の城下に滞在し、そのような騒ぎを起こしていたとは努々《ゆめゆめ》考えもしなかった」

「なぜ秋田数馬と八重樫七郎太の両名は暗殺に手を染めたとお考えですな」

「それがしの推測に過ぎぬが、それでよいか」

「お聞きしとうございます」

「秋田家は長年の不遇の扱いを脱して藩政の一角に返りたいと願っておられた。八重樫家も家禄を半減される不始末を起こされたばかりでな、家禄を旧に復したいと考えておられたはず」

「そこで次男と三男に意を含ませて強訴の主謀者五人を暗殺せしめましたか。この行動、秋月藩は承知なのでしょうか」

「これも推論として聞いてくれ、若親分」

「念には及びません」

「国家老渡辺《わたなべ》様方の命《めい》はなかったとそれがしは信じる。じゃが、下淵村の庄屋次左衛門らさえいなくなれば騒ぎは片付けられるという、淡い願いは持たれていたはずじゃ。そこを秋田中老家が先んじられて行動なされたと考えられる。渡辺様はその浅知恵にのられたやもしれぬ」

政次は諏訪の苦しい胸の中を察しつつも訊《き》いた。

「二人が脱藩した後、両家にはなにもお咎《とが》めはなかったのですか」

「なんでも森村伊織道場を通じて剣術修行のため諸国回国をするという願いが藩庁に上げられていたとか。二人が次男三男という立場をも考慮して受け入れられたと聞いた。ゆえに風聞は風聞として二人の脱藩は剣術修行ということで藩庁には認められ、両家にはなんのお咎めもなかった」

「となると今もお二人は秋月藩に関わりがあるので」

政次の問いに諏訪は答えられなかった。

「八重樫七郎太の江戸での老人殺しが改めて調べ直されるとなると秋月藩重臣の倅が下手人ということが世間に知れ渡るか」

と添田が言い、

「それは困る」

と諏訪が即座に応じた。

表沙汰《おもてざた》になれば、当然八重樫家にも秋月藩にもなんらかの悪影響が考えられた。

「八重樫様はもはやこの世の人ではございませぬ。敢《あ》えて蒸し返すこともございますまい」

「そうよのう、若親分」

政次の言葉にどことなく安堵した風に諏訪が答えた。

「諏訪様、それより存命の秋田数馬様と此度の小太郎様誘拐未遂騒ぎに関わりがあるかどうかにございます」

「秋田家は二人の倅どのがござった。嫡男は左馬之介と申され、すでに国許で出仕なされておられた。三年前、福岡藩黒田家から嫁を取られたが、子をなさぬゆえ離縁と相なり嫁女は博多に戻されたと聞いた」

その言葉に添田が、

「おお、あの話か」

という表情で頷いた。

「この春、再婚話が持ち上がった頃、左馬之介《さまのすけ》どのが、俄《にわ》かの心臓の病にて急死なされたそうな。となると秋田家は剣術修行中の数馬が後継ということになるな」

「呼び戻されたので」

「それがし、そこまでは与り知らぬ。一方で強訴の折、主謀者の五人を斬ったのは秋田、八重樫両人という風説、根強くてのう。庄屋の次左衛門は人望篤いだけに数馬らに対して憎しみが今も領内には残っておるという。中老秋田家をそうそう簡単に継ぐわけには参るまい。この一件、殿の長舒様も扱いに困っておられると漏れ聞いたことがある」

と答えた諏訪は、

「それがし知るところはそんなものだ」

と話を終えた。

「諏訪様、秋田家では浪々の数馬様と連絡をとったと考えたほうがようございますな」

「なんとも答えられぬ。だが、御組外頭の石ヶ谷氏は秋田家当主の弟にござってな、数馬の叔父《おじ》にあたる。その石ヶ谷氏が真に永塚小太郎かどわかしに関わっているとするならば、すべて秋月の秋田家と江戸の石ヶ谷家が話し合ってのことと考えられる」

「秋田家が永塚小太郎様かどわかしに関わっているとするならば、小太郎様は秋田数馬様と永塚小夜様の子であると、数馬様当人が本家に告げたと考えるのが至当にございましょう。それゆえ石ヶ谷様がかような行動を取られたのではございませんか」

政次は目付職にあった諏訪が今度の事件が小太郎の命を狙《ねら》ったものではないと咄嗟《とっさ》に推測したのはそんな背景からと思い当たった。

「若親分、そなたら、秋田数馬の行方を追うであろうな」

「永塚小太郎様にさらなるかどわかしを考えられるならば、数馬様にも石ヶ谷様にもそれなりの措置をとることになろうかと存じます」

ふうっ

と諏訪が息を吐き、

「しばし時を貸してくれぬか。それがし、動いてみる」

と元目付が約束した。

「諏訪様、厄介な役をお願い申しますが宜《よろ》しくお願い申します」

「報告にはそれがしが直に金座裏に参る、それでよいか」

「お待ち申しております」

と政次は頭を下げた。

金座裏に戻ったとき、刻限はとっくに昼を過ぎていた。

しほは豊島屋《としまや》に出たとか、もう金座裏から姿を消していた。

出迎えたおみつが、

「政次、道場でなにかあったかえ」

と遅くなった理由を訊いた。

「ちょいと御用で聖堂を訪ねておりました」

「なに、今まで朝も昼も抜きで走り回られたか。今、お膳を仕度するよ」

「それより親分はおられますか」

「居間におられるが」

政次はその足で居間に行きかけ、

「おっ養母さん、小太郎様の熱はまだ高うございますか」

「薬が効いたかねえ、だいぶ下がったよ。小夜様が徹夜で看病された甲斐《かい》があったというもんだ」

というおみつの言葉にほっとした政次は居間に宗五郎を訪ねた。

宗五郎は長火鉢の前で伊勢暦を広げていた。

「聖堂に知恵を借りにいったかえ」

「ただ今秋月藩では幕府に聖堂の改築を命じられておられます」

「なんでも唐風に模様替えするのだそうだな」

はい、と返事した政次が神谷道場から聖堂を訪ねた経緯を話した。

黙って政次の話を聞いていた宗五郎が、

「福岡本藩から攻めるとは考えたな、政次」

と思い付きを褒め、

「それにしても秋月藩、強訴の始末を間違えたな。主導したとはいえ問答無用に庄屋を暗殺するなど下《げ》の下だぜ」

と感想を漏らした。

「まさか八重樫七郎太様方にそのような過去があろうとは考えもしませんでした。どうしたもので」

「諏訪様の報告を待つとしようか。武家方のことだ、こっちが動き回れる話でもない。諏訪様の話が芳しくねえとなりゃ、福岡本藩に知り合いがないわけではない」

と宗五郎が言い、

「秋田数馬が小太郎様の父親には変わりねえ。それだけにこれ以上間違いを起こさないといいがな」

と、そのことを気にした。

「親分、小夜様にこの一件、お話ししたものでしょうか」

「そこだ。愉快な話ではあるまいが小太郎様がからむ話だ。話をしないではすむまい」

としばし思案した宗五郎が、

「政次、なにがあってもいけねえ、おめえから小夜様に話せ。今、道場に出ておられるはずだ」

と命じた。

三島町の通りを餅搗《もちつ》きが臼《うす》や杵《きね》を担ぎ、忙《せわ》しげにいく。もう大晦日《おおみそか》まで四日を残すのみだ。

しほが豊島屋に勤めるのも今年かぎりだ。

(来年の今頃はどうしているか)

政次はしほと所帯を持つことにどこかぴーんとこない自分を訝《いぶか》しく思っていた。

しほを愛し、しほと生涯添い遂げる、この気持ちに揺らぎはない。だが、二人だけの時を過ごす景色が見えてこないのだ。

政次は分かっていた。

今の政次の胸中には御用聞きの十代目を継ぐために金座裏に入った、九代目を見習い、修行の身という気持ちが強いのだ。それほど金流しの十手には、

「重み」

があって政次の頭にずしりと圧《の》し掛かっていた。

九代目もこんな重圧を感じた時期があったのだろうか。いや、あったに相違ない。金座裏を継ぐだれもが感じる宿命だ。自分ひとりの力で乗り越えるしかない。

政次はそんなことを考えながら、林道場の玄関に立った。

森閑としていた。

政次は静かに草履を脱ぎ、道場に通った。すると小夜が真剣を持って小太刀《こだち》の技を遣っていた。なにかに憑《つ》かれたように没入していた。

政次は入口近くに座すといつになく厳しい小夜の独り稽古を見た。

男子に比べ、どうしても非力な女の弱点を補うために考え出されたのが小太刀の技だ。刃の長さを一尺九寸（約五七センチメートル）余に短く鍛造したものを小太刀と言い、この小太刀を遣っての技を、

「小太刀流」

と総称する。

小夜は円流道場を経営していた父親の永塚兵衛常輔《ひょうえつねすけ》から小太刀の技を叩き込まれていた。

非力な女剣士が同等の技量の男子と対決した場合、相手の内懐に入り込み、切れのよい技を素早く遣うしか勝機はない。

今、小夜はその技を一心不乱に遣おうとしていた。事実政次が道場に入ったのも気付かないくらいに没頭していたが、それは無心とはほど遠い境地だった。なにかに思い迷ったか、必死で足掻《あが》いていた。

変幻自在に動く刃が虚空に円を描き、ふいに動きを変えて突きに変わり、退《さが》りながら架空の相手の小手《こて》に鋭く落とした。それでも技の切れは抜群だった。

小夜が不意に動きを止めて、林道場の神棚に向かい合うと正座した。そして、呼吸を鎮めるように瞑想《めいそう》した。

どれほどの時間が過ぎたか、政次は静かに待っていた。

政次は小夜が瞑想をとき、意識を現実に戻したことを察して、

「小夜様」

と声をかけた。

びくり
とした小夜が後ろを振り向き、政次に気付き、驚きの表情を見せた。

「いつからそこへ」

「四半刻（三〇分）も前からお邪魔をしておりました」

「なんと迂闊《うかつ》にも気付かなかった」

と呆然《ぼうぜん》と小夜がその言葉を洩らした。

「それほど小夜様は没入して小太刀を遣われておられました」

「若親分がもし敵であったとしたら小夜は打倒されていたに相違ございません」

「小夜様、意識外の意識が侵入者を味方と判断した結果ではございませぬか」

「いえ、邪念があって技にも周りの動きにも神経を配ることが出来なかったゆえの心の隙《すき》にございます。なんと永塚小夜は未熟者でございましょうか」

「小夜様、私どもは未熟と承知ゆえ修行を続けるのではございませぬか。悟達の域に達したと思うたとき、心の成長も技の進化も果てる。これはなんということを、小夜様に生意気を申しました」

と政次は苦笑いした。

「若親分は小夜を慰めておられるのですね」

「違います。私の身に照らして申し上げたのです」

政次は三島町の道々考えていたことを正直に小夜に告げた。小夜は政次の、

「金座裏の十代目」

を継ぐ、

「畏《おそ》れ」

を聞いて言葉を失っていた。

「だれしも雑念が生じるゆえに稽古をし、神経を研ぎ澄まし、無心の境地に達しようと努力します。それでも集中を欠く」

小夜の表情が不意に和んだ。

「政次若親分にもそのようなお悩みがございましたか」

「小夜様、私にも人並みの悩みはございます」

「小夜の悩みなど政次若親分の悩みに比べたら小そうございますね」

と笑った小夜が、

「しほ様はお幸せです」

といきなり話題を変えた。

「さあてどうでしょう。しほにはしほで金座裏に入る気苦労や迷いがあろうかと存じます」

「そのことを若親分が理解しておられる、そこが肝要なところかと存じます。あら、私も生意気を申しました」

と小夜が笑った。

「小夜様、ちとお話がございまして道場に押し掛けました」

「小太郎をかどわかそうとした連中のことですね」

「少しばかり進展がございました」

「お聞き致します」

政次は玄関口から小夜の座する前へと歩み寄り、腰を下ろした。

小夜もまた座り直した。

「秋田数馬様、八重樫七郎太様、お二人とも筑前秋月藩の家臣、数馬様は中老の次男、七郎太様は長柄頭の三男にございました」

小夜は二人の男の名を遠くへ過ぎ去った過去から強引にも引っ張り出した。

「そのような出自のお二人がなにゆえ諸国を浪々する旅などなさっておられたのでございましょう」

「それにございます」

政次は包み隠さず秋月藩家臣の諏訪から齎《もたら》された事実を告げた。話が終わったとき、たっぷり半刻は過ぎて、林道場を師走の夕闇《ゆうやみ》が覆おうとしていた。

「なんということが」

それが話を聞き終えて小夜が洩らした言葉だった。

「秋田数馬のみならず八重樫七郎太様もそのような暗い過去をお持ちでしたか。なんという愚かな行為をなされたものでございましょう」
「お二人して執政の中核に戻りたい、お家を再興したいという一家眷属《けんぞく》の願いに乗せられたのかもしれません」
「それにしても強訴の民百姓の長を暗殺するなど武士に有るまじき所業にございます」
小夜は遠い過去の苦い思い出を、
ぶすり
と断ち切るように言った。

三

「政次どの、秋田家では家の跡継ぎに小太郎を据えんがためにあのような渡世人を雇い、かどわかそうとしたのですか」

「いえ、そこまではっきりとした証拠はございません。うちの親分の推量にございます」

「若親分はどう考えられます」

「私もそんな動機かと」

「許せませぬ」

と小夜が言い切った。そして、長い沈思の後、口を開いた。

「小夜はなぜ秋田数馬などに惹《ひ》かれたのでございましょう」

小夜にしか答えられない問いだった。

「若親分は秋田数馬をご存じない。小夜はあの記憶が消せるものなれば腕一本を捥《も》ぎとられても構いませぬ」

小夜に沈黙があった。

「厳しい父への反発があった。仙台の地から連れ出してくれるお方と勘違いした。小夜の中に言い訳がいくつもございます。私には人を見る目がなかった、愚かだったのです」

「小夜様、八重樫七郎太様が小太郎様の父親と名乗られて小夜様の父上と対決を強《し》いられ、さんざんに叩きのめされた後、蔵の中に繋《つな》がれた。その直後、秋田数馬が仙台城下から姿を消したと申されましたな。小夜様はその七郎太様の戒めを解かれて逃された。その折、七郎太様は数馬を討つと言い残したそうですが、七郎太様は数馬と再会し、討ち果たしたのでしょうか」

政次は改めて念を押していた。

「いえ、秋田数馬の足跡すら追うことが出来なかったと申しておりました」

「小夜様、秋田数馬は生きておるということだ」

「たとえ二人が出会うていたとしても七郎太どのには数馬を倒すことは叶《かな》いますまい」

「それほどの腕前ですか」

「稽古では二人の力は伯仲しておりました。ですが、一旦、立ち合いとなると数馬の方が数段技量は上です、凄味がございました。今考えればあの二人、秋月を出て人を殺《あや》める生業に手を染めていたのではございますまいか」

政次は頷き、しばし迷った末に問うた。

「小夜様、最前自問なされた答えはすでに胸中にございますな」

「なぜ数馬に惹かれたかという問いですね。小夜は分かっております」

小夜は林道場の明かりとりから差し込む光が一段と暗くなるのに視線を預けていたが、

「小夜は秋田数馬の勝負強さを、真の剣術家の強さと誤解しておりました。あれは無益に人を殺して体得した凄味に過ぎませぬ。それを小夜は男《おのこ》の魅力と勘違いしておりました」

「秋田数馬に出会うたとしたら、小夜様、どうなされますな」

「小夜を仙台に置き去りにし、さらには友の七郎太どのを見捨てた罪、許すことはできません。さらに小太郎かどわかしの得手《えて》勝手、人間の所業ではございませぬ。斬り捨てます」

「小夜様、秋田数馬を斃《たお》す自信はございますか」

政次の厳しい詰問に小夜の答えはなかった。

長い沈黙であった。

「この身を捨てても小太郎の命は守ります」

「肉を斬らして骨を截《た》つお覚悟ですか」

「はい」

小夜の言葉に迷いはなかった。

政次の顔も小夜の顔も夕闇に沈み、もはや互いの表情は読み取れなかった。

「小夜様、稽古を致しませぬか」

「政次どの、お相手下さるか」

二人は同時に立ち上がり、小夜が道場の片隅に置かれた行灯《あんどん》に明かりを入れた。

二人の稽古は間断のない動きで半刻ほど続いた。

その翌日、小夜は金座裏から青正《あおしょう》の離れ屋に一家で戻った。

小夜が宗五郎やおみつ、政次らを前に願ったのは、

「親分、小夜は甘えて生きてきたようです。此度の騒ぎも元を糺《ただ》せば小夜に責任の大半がございます。秋田数馬が小太郎を取り戻そうなどと愚かなことを考えるなれば小夜はわが身を捨てても戦い、討ち果たす所存にございます」

このことだった。

「小夜様、うちに遠慮することはないんだよ。だってさ、秋田って昔の男が付きまとっているんだろ、なにが起こるか知れないよ。その点さ、うちにいれば」

と思い留《とど》めようとするおみつを宗五郎が制して、

「おみつ、ここは小夜様のご決心を大事にしようか」

と小夜の好きにさせた。

そんなわけで小夜、小太郎、子守のおいねの三人が金座裏から小太郎の泣き声とともに消えて急に静かになった。

秋月藩の聖堂改築作事奉行の諏訪九平次が江戸家老宮崎譲《ゆずる》忠晃《ただあきら》を伴い、金座裏に姿を見せたのは、小夜らが青正の離れ屋に戻った翌日のことだ。

宮崎は金座裏の広い土間の佇《たたず》まいに目を凝らし、

「盗人《ぬすっと》にとってここが金座の鬼門か」

と静かに嘆声した。

出迎えた政次が、

「どうぞお上がり下さいまし」

と宮崎と諏訪を大きな神棚のある宗五郎の居間に案内した。

金座裏にも客座敷がないわけではないが、大きな神棚の三方《さんぼう》に金流しの十手が飾られている居間こそ幕府開闢《かいびゃく》以来の御用聞きの居室に相応《ふさわ》しい場所だったのだ。

「親分、秋月藩の江戸家老宮崎様と聖堂作事奉行の諏訪様にございます」

と政次が宗五郎に引き合わせた。

「ようこそいらっしゃいました」

「宗五郎親分、此度はなにかと造作をかけた」

「いえ、うちの政次が走り回っているのでございましてな、年寄りは火鉢の番にございますよ」

「まさか当家を脱藩した八重樫七郎太がこの江戸にて六阿弥陀参りの年寄りを殺し、金銭を奪い取る事件を起こしているなど考えもしなかった。諏訪に聞いたが、深川の西念寺に亡骸《なきがら》を手厚く葬ってくれたそうじゃな。このとおり礼を申す」
と宮崎が宗五郎に深々と頭を下げ、諏訪も倣《なら》った。
「ご家老様、お頭をお上げ下さいまし。人間、死んでしまえばこの世の罪咎《つみとが》は消える
とも申します。色々と事情もございましたがな、最後は武士らしくうちの政次との尋
常の立ち合いで亡くなられましたんで。そんなお方だ、亡骸をそのままにしておいて
は寝ざめが悪うございましてね、知り合いの西念寺に埋葬したってわけなんで」
「金座裏、そう申すがなかなか出来ることではないぞ」
「いえ、うちもこの話が再燃してちょいと後悔しておりますのさ。八重樫七郎太様は
確かに秋月藩と関わりのある書付など一切所持しておられなかった。姓名が本名かど
うかも分からなかった。あの折、もう少し念入りに調べておれば秋月藩の八重樫家に
亡骸をお戻しできたのでございますよ」
「待ってくれ、宗五郎どの。となると八重樫七郎太が四ッ目屋の隠居殺しも公《おおやけ》になっ
たではないか」
「まあ、そういうことでございますな」
「そなたらの始末でよかったのだ、金座裏」
宗五郎と宮崎が頷き合った。

「さて、秋田家の一件じゃがな、諏訪の報告に早速石ヶ谷七郎太夫をわしの下に呼び、厳しく追及したところ、秋田家は数馬の血筋がこの世にあるなればその者を跡目にと考えた節があると婉曲《えんきょく》ながら認めおった。さらに数馬は江戸に隠れ潜んでおるかと詰問致したが、確かに数馬は先日まで江戸に滞在しておりましたが、再び武術修行のために回国に出たと答えおった。正直、この答えには疑義もござる。ともあれ秋田家が永塚小太郎なる赤子をいかなる理由にしろ、かどわかすなどという事は秋月藩として も許すべくもない。国許の秋田本家にもこの一件にどのように関わり持ったか、国家老直々に調べをなす手続きをなしたところだ。また江戸藩邸の石ヶ谷七郎太夫は職を解き、蟄居《ちっきょ》を命じたゆえ、もはや永塚親子に害が及ぶことはあるまいと思う」

「早速のお調べと処断、有り難うございました」

と宗五郎が受け、政次を見た。

「なんぞあるか」

「永塚小太郎様の父親が秋田数馬様であることに変わりございません。一方で懐妊中の小夜様を見捨てて自らその立場を放棄なされたのも事実、小夜様は小太郎様と二人で生きていくことを選ばれました。ご家老宮崎様のお言葉を聞いて、この政次、いささか安心致しました。念のため今一つ、秋田家がなんら永塚小太郎様に手を出すような行動を今後一切せぬとの念書を頂戴《ちょうだい》できますれば、小夜様も安堵なさるかと存じます。宮崎様、この件如何《いかが》にございましょうか」

「若親分、秋田本家は遠く秋月にあって急には念書が取れぬ。そこで」

と宮崎は同道の諏訪を振り見た。

「石ヶ谷七郎太夫の念書を持参申した。本家の念書しばしお待ち願えぬか」

と諏訪が一通の念書を差し出し、政次が今度は平伏して受けた。


大晦日の夜明け前から雪がちらちらと舞い始めた。

政次は赤坂田町の神谷丈右衛門道場の稽古納めの朝稽古に出た。住み込み門弟らと拭《ふ》き掃除の列に加わっていると永塚小夜の声が響き、

「遅くなりました」

と雑巾《ぞうきん》を手に政次らに加わった。

「小夜様、もはや小太郎様の風邪は峠を過ぎましたか」

「お陰様でもはや大丈夫にございます」

「それはよかった」

いつものような稽古が始まった。稽古納めとあって道場にはいつもより門弟の数が

多かった。久しぶりの門弟の中には稽古着に着替える者だけではなく、見所から見物に回る年配の門弟もいた。

稽古始めから一刻、さすが広い神谷道場も百何十人もの門弟らの汗に、

もあっ

とした湯気が漂い、熱気に溢《あふ》れた。

政次は次から次に相手を代えて打ち込み稽古に没頭した。一刻を過ぎてようやく道場が明るくなった。雪が降り積もったせいで明かりとりの窓から雪明かりが差し込み、道場全体に浮かび上がるように明るくなったのだ。

壁の行灯が消された。

すると神谷丈右衛門の、

「稽古、止《や》め！」

の声が響き渡り、打ち込みに汗を流していた門弟衆が見所を挟んで左右の壁際に下がって座した。

「一同にご挨拶《あいさつ》申し上ぐる。寛政十二年の大晦日、当道場の稽古納めにござる。一年を通して熱心に稽古に研鑽《けんさん》なされた方、あるいはご奉公多忙で道場に顔出しする機会を失した方と様々にござろう。じゃが、過ぎ去った歳月を悔やんだところで戻るわけ

でもなし、来春に向かって気持ちを改めるしかござるまい。稽古納めの本日、ちと趣向を凝らした。それがしが名を呼び上げる者、見所の前に出てもらう」

と丈右衛門が用意していた紙片を広げて十人の名を呼び上げた。その中に政次の名もあった。

道場にざわめきが起こった。

政次は稽古の常連ばかりだと互いの顔を見合わせた。むろん師範の朽木《くちき》式部《しきぶ》、志村《しむら》権太夫《ごんだゆう》、師範代龍村重五郎《たつむらしげごろう》、戸羽信輔《とばしんすけ》ら高弟の名は呼ばれなかった。つまりはこれからの神谷道場の中核たる若手の剣術家だった。

「この十名、本年道場に通い続けた者ばかりではない。中にはご奉公御用で時に道場での稽古を諦《あきら》めた者もおる。だが、道場に通えぬ分、それぞれが創意工夫を凝らして屋敷の道場で稽古をしたり、独り稽古をしたりと体を苛《いじ》めぬいた者ばかりだ。さよう、それがしの目から見てこの一年格段の進歩成長を遂げた十人である」

おおっ

というどよめきが起こり、直ぐに静寂に戻った。

丈右衛門が十人を見回し、

「今年一年、ようも研鑽修行なされた」

の賞賛の言葉に政次らは頭を下げた。

「そなたらに褒美《ほうび》を遣《つか》わす」

若い住み込み門弟が丈右衛門の下へ十本の真新しい竹刀を捧《ささ》げ持ってきた。その竹刀の柄革は真っ赤に染められていた。

「生月尚吾《おいづきしょうご》、前へ」

丈右衛門は一人ひとりの身丈や腕の長さを勘案し、日頃使用の竹刀の長さを幾分長短に変えた竹刀をそれぞれに授けた。

政次は師から竹刀を押し頂き、緊張すると同時に誇らしげな気持ちになった。

「竹刀の具合はどうだ」

師匠の言葉に十人はそれぞれ素振りをくれて、

「神谷先生、それがしの手先のようにぴったりとしており申す。有り難き次第、感謝の言葉もありませぬ」

と生月尚吾が代表して感謝の言葉を返した。

「ならば早速竹刀を遣ってみるか」

丈右衛門の言葉に十人は顔を見合わせた。

「十人全員が同時に戦いをなす。それぞれの相手を見付け、試合を致すのだ。一人に複数の者が打ちかかって構わぬ。この場を戦国時代の戦場と思え。それがしと師範、師範代らが四方から判定を下すゆえ、負けを宣告された者は素直に従い、戦場から下がるのだ。最後の一人になるまで戦いを止めてはならぬ、よいか」

「はっ」

と政次らは畏まり、それぞれが大きく開けられた道場の思い思いの場所で稽古支度を整えた。

道場中央に白扇一本を手にした神谷丈右衛門が進み出て、政次らは最初の相手を考えつつその場に立ち上がった。師範、師範代の四人は東西南北に位置して構えた。

「十人勝ち抜き試合を始める。相手は正面とばかりは限らぬ。戦場において卑怯未練もない。勝ち残る、生き残ることだけを考えよ」

「はっ」

「始め」

厳《おごそ》かに神谷丈右衛門が宣した。

政次の前に先輩門弟の能住《のうす》出水《いずみ》が静かに進み出たのを認めて、会釈をすると赤柄の竹刀を正眼に置いた。

能住は安芸《あき》広島藩の家臣で神谷道場の門弟歴は十数年に及んだ。だが、この数年、国許奉公が続き、ちょうど一年前に江戸屋敷の勤番を命じられて神谷道場の稽古を再開したところだ。

能住は浅野家伝来の間宮一刀流の遣い手であり、広島時代も研鑽を怠らなかったらしく重厚な剣技を完成させつつあった。

政次より八歳年上であったが動きに無駄なく変化に即座に対応できた。

二人は、

「いざ」

と竹刀を相正眼に構え合った。

他の八人もそれぞれ相手を見付け、すでに打ち合いに入っている組もいた。だが、政次は当面の能住出水との対戦に全力を集中することだけを考えた。

二人は即座に間合いを詰めた。

真新しい竹刀の切っ先が挨拶を交わすように、
ちょんちょん
と打ち合わされ、次の瞬間、

「とおりゃ！」

の気合いが響いて、政次が、

「おう！」

と受けて鋭くも激しい面打ちを互いが狙った。

政次のほうが背丈で五寸（約一五センチメートル）ほど高く腕の長さも身丈分長かった。

能住は政次の懐に入り込むことを考え、政次はその出鼻を狙った。どちらも半歩も譲らぬ構えだけに間断のない応酬、攻撃と防御が目まぐるしく変わりつつも激しい戦いが繰り返された。

「勝負あった、生月尚吾一本！」

丈右衛門の声が政次の背後から響いたとき、能住が政次の懐に飛び込んできた。相手は小手打ちから胴抜きの連続技だと政次の脳裏に閃《ひらめ》いた。

その瞬間、政次は踏み込みざま、飛び込んでくる能住の面に竹刀を落としていた。

小手と面。

同時に決まったかに見えた。だが、高い位置からの政次の振り下ろしが能住の胴打ちを制して、
がくり
と能住の腰が落ちていた。

「金座裏の政次、面一本!」

すかさず神谷丈右衛門が宣告し、潔く能住が下がっていった。

政次の横手から黒い影が飛び込んできた。息つく暇もない攻撃だが、

「真剣勝負の戦場」

だった。

政次は脇へと竹刀を回して防御しつつ同時に前方へ飛んでいた。間合いを取り得たと感じた政次は、

くるり

と振り向いた。

紅潮した顔は住み込み門弟の松草《まつくさ》左玄太《さげんた》だ。

体も五尺五寸とさほど大きくはない。性格も地味だった。だが、稽古を一日たりとも休んだことはなく粘り強い剣技で相手が焦《じ》れるところを面から胴にびしりと巻き付くような連続技を繰り出し、仕留めるのを得意とした。

互いに正面で見合った。だが、それは一瞬で政次は飛び込み面を狙い、踏み込んでいた。それを見透かしたように松草の予測外の小手打ちが閃いた。だが、先に仕掛けた政次の面が決まり、松草の腰が砕けてその場に転がった。

「勝負あった」

政次は五感を働かせ、倒れた松草を背にして辺りを見回した。

十人で始まった乱戦は政次を含めて四人に減っていた。

生月尚吾、市村念児《いちむらねんじ》、深谷精太郎《ふかやせいたろう》、そして政次の四人だ。生月と市村は住み込み門弟、稽古量が豊富だった。深谷は直参《じきさん》旗本であるから当然通いの門弟だが、幕府の新御番組衆という武官だけに詰所の道場で日々研鑽していた。どちらも稽古量が豊かな剣術家三人だった。

四人は一瞬にして相手を選んでいた。

政次の前に深谷精太郎が立ち、

「お願い申します」

と政次が受けた。

二人の隣で生月と市村が対面することになった。二組の睨《にら》み合いは数瞬続き、いきなり意表を突いて市村念児が動いた。

対面する生月に踏み込むと見せかけて政次に斜め横手から襲いかかり、胴打ちを敢行した。

政次は目の端に影が動くのを見て咄嗟に右手一本の胴打ちに出た。それは存分に相手を引き付けての絶妙の間合いで決まった。

びしり

と巻き付いた片手一本の胴打ちに市村念児の小柄な体が横手に吹き飛ばされ、政次は流れる竹刀を引き戻すと放していた左手を竹刀の赤柄に添えて、生月尚吾に襲いかかっていた。

生月は予想もかけない展開に戸惑っていた。その隙を政次に突かれ、

「面」

を奪われた。

「南無三《なむさん》」

と嘆いたが後の祭りだ。

だが、政次もまた危機に落ちていた。二人を次々に倒した隙を突かれ、背後から深谷に間合いを詰められて振り向く機会を失っていた。

鋭い竹刀の振り下ろしを背に感じ取った政次は前方に飛び込むように前転して攻撃を躱《かわ》し、

ごろごろ

と数度前転を繰り返して間合いを取ると跳ね起きた。そのときには政次は間合いを

詰めてくる深谷の正面に立ち上がっていた。

どよめきが起こり、二人は弾む息を整え終えると最後の立ち合いに入った。

背丈で三寸ほど政次が高く、体重で五、六貫深谷が勝っていた。

相正眼で構え合った二人は互いに半歩ずつ詰めた。

これで次の一手で勝負が決まった。

政次は弾む呼吸を整えると竹刀の先端を上下に動かした。その動きに誘われるように深谷が踏み込んできて、面を狙った。

政次もまた同時に面打ちに出ていた。

両者踏み込んでの呵責《かしやく》ない攻撃で、
びしり
という二つの音が重なった。政次は頭がくらくらとするのを感じながら引き下がった。

そのとき、深谷が眼前に片膝《ひざ》を突いているのが目に入った。

「相打ちに候《そうろう》」

という神谷丈右衛門の声に政次は竹刀を構え直し、深谷も立ち上がった。

「この決着、来春の具足開きの楽しみと致そうか」

と丈右衛門が、

「引き分け」

を宣告し、政次と深谷精太郎は礼をし合った。

四

「悔しいぞ」
三、四寸降り積もった雪の井戸端で生月尚吾が喚《わめ》いた。稽古納めの十人総当たり戦後のことだ。出場した尚吾、政次ら若手が集まり、雪をものともせず汗を流していた。
「市村念児、そなたの奇抜な仕掛けでおれまで若親分の反撃を食らい、思いがけなくも敗北したではないか。どうしてくれる」

「尚吾さん、致し方ございません。あの四人の中で非力はそれがしです、なんとか生き残るにはあれしかなかった。奇襲を仕掛けてみましたが政次若親分には通じなかった。糞《くそ》っ」

とこちらも嘆息した。

「いらぬことをするから若親分と深谷さんに名をなさしめたではないか。年の瀬にきてつまらん話だ」

「尚吾さん、結局若親分の一人舞台ではありませんか。一人で四人を打ち破り、最後に深谷さんと引き分けたのですからね」

「おれと若親分の相対勝負ならなんとでもなったのだ」

「そうは仰いますが私の奇襲の後、ぼうっと突っ立っていたのはどこのだれです」

「それを言うな」

と叫んだ尚吾が、

「若親分、そなた、どうやってあんな動きを思い付いたのだ」

と政次に聞いた。

「生月様、考えたわけではございません。体が勝手に動いたのでございます。今考えても不思議です」

「考えずに動けるものか、おかしい」

尚吾が言い、そこへ師範代の龍村が深谷精太郎と連れ立って姿を見せた。

「師範代、新しい水をどうぞ」

と市村が新しい水を注いだ桶《おけ》を差し出した。

「念児、そなた、四人勝負を掻《か》き回したはいいが、自滅してはしようがあるまい」

「師範代、あれしか手はなかったと尚吾さんに答えたところです」

「若親分の飛燕《ひえん》の二人打ちを生んだのだからな」

「師範代、若親分め、あの動きを咄嗟の動きと言い張って考えたわけではないというのです。どう思われます」

「尚吾、見所でも諸先輩方がそのことを議論なされたようだ、先生を交えてな。それがしも近くから見ておったが、あれは無意識の動きとしかいいようがない、念児の奇襲に応じたと同時にすでに若親分の体が尚吾に向かって飛んでいたのだからな。それにしても深谷さんの攻撃を避け得た連続前転の荒技は凄い。先生方は二人打ちよりそちらを賞讃《しょうさん》しておられたぞ」

「深谷さん、あそこで仕留めるべきでした」

「尚吾、言うな。さんざん先生方に叱《しか》られて参ったところだ」

「具足開きはわれらもうかうかはできぬ」

と深谷と龍村が言い合い、桶の水で顔の汗を流した。

雪はちらちらと風に舞い、落ちていた。

だが、稽古で汗をたっぷりと流し、稽古納めの樽酒《たるざけ》を飲んだ連中には寒さなど無関係だ。

政次は正月の装いに変えられた道場に戻り、神谷丈右衛門に年の瀬の挨拶を改めて

為した。挨拶だけで道場を引き下がろうとすると丈右衛門が、

「政次、よう体を動かしておるようだな。見事であった」

と直に褒めてくれた。

「神谷先生、私の動きは直心影流の動きに叶っていたとは思えませぬ。ただ無我夢中に飛び回り、転がり回ったに過ぎませぬ。神谷道場の教えを貶《おとし》めたのではございませぬか」

「政次、そのような斟酌《しんしやく》無用である。本来、剣術と申すものは戦場の一騎打ち、あるいは多勢に無勢の乱戦にいかに勝ち残るかという考えから編み出されたものであろう。戦国時代が遠くに去った今、各流儀は奥儀奥伝と称して賢《さか》しら顔の秘技、かたちを伝えるがその根を糺せば、戦場で転がり回っての命の取り合いだ。政次はそのことを図らずも見せてくれた。人殺しなどを相手に真剣勝負の捕り物を日々務めているものでなければ、あの咄嗟は出ぬ。丈右衛門が十人総かがりを企てたは、昨今の稽古が綺麗《きれい》ごと、かたち稽古に終わっているように感じたゆえだ。政次、あれでよいのだ。金座裏の御用は多忙とは思うが、どんな時でも場所でも体を苛めることはできる、新しき年も本日の気迫を忘れることなく努めよ」

政次は丈右衛門の懇切な励ましに頭を下げ、

「神谷先生、新珠《あらたま》のよき年をお迎え下さいませ」

と挨拶すると道場から辞去した。すると道場の門前に添田泰之進が待ち受けていた。

「添田様も稽古納めに出ておられましたか」

「本日は大晦日、屋敷であれこれと行事があったで朝の稽古納めには間に合わなかった。じゃが、先生に年の瀬のご挨拶だけでもと参ったところ、幸運なことに若親分方十人の総がかりが始まるところでな、いやいや、そなたの腕前、堪能致した」

「なりふり構わぬ恥ずかしき動きにございました」

「神谷先生と話をなされたようだが、先生はなんと申された」

「剣術は生来戦場往来の動き、乱戦であるからどのような手を使おうともよいと申されました」

「そなたの咄嗟の動きを見て、それがしもそう思った。流儀によってかまえ、踏み込み、動きなどをかたに決め、奥儀に致したのは剣術商売を考えてのことよ。本来はもっと自在自由な動きであってよいのではないか」

と添田も神谷と同じような意見を述べた。

「それが咄嗟に出せるかどうかに勝敗の分かれ目があると本日は気付かされた」

と言い足した添田が、

「若親分、今年は支藩のことで世話になったな、一言礼を申したくてな、待っておった」

「添田様、なんのことがございましょう。添田様を通して諏訪様に知り合えたのは永塚小夜様にも私どもにとっても大変な幸運なことにございました」

「それはわれらとて同じことだ、支藩秋月藩黒田家にとってよきことであった、もはや秋田数馬が永塚親子に迷惑をかけることはあるまい」

「過日も諏訪様が秋月藩江戸家老宮崎譲様を伴い、ご丁寧にも金座裏に挨拶に参られました。わざわざ町方風情に恐縮なことにございます」

「若親分、町方風情と申すがそなたが継ぐ金座裏の金流しの十手は将軍様お許し十手、大名家といえども粗略な応対は出来ぬでな。それがしも一度、訪ねてよいか」

「添田様、私どもは同門の兄弟弟子にございますればいつ何時《なんどき》でもお出《い》で下さいまし、宗五郎も喜ぶと思います」

「よし、約束じゃぞ。新春に訪ねるぞ」

二人は雪の舞う榎《えのき》坂、葵《あおい》坂通、葵坂を下り、虎之御門に出た。

福岡藩上屋敷は虎之御門の内だ。

「添田様、よいお年を」

「若親分、そなたもな」

二人は雪の虎之御門で左右に別れた。

政次はしばらく笠を被《かぶ》り、高下駄を履いた添田を見送った。

御堀に架かる橋に添田の高下駄の跡が刻まれて、虎之御門に羽織の背が没した。

政次は懐から手拭《てぬぐ》いを出すと頭に降り積もった雪を払い落とし、その手拭いで頬《ほお》かぶりをして御堀沿いに走り出した。


しほは三年余り独りで暮らした皆川町二丁目の裏長屋の後片付けをしながら、短くも長く感じた歳月を追憶していた。

この長屋に引っ越してきたのは父親の江富文之進《えとみぶんのしん》が賭け碁を巡って争い、市川金之《いちかわきんの》丞《じょう》に斬り殺された後のことだった。

若い娘の独り暮らしを助けたのは、鎌倉河岸裏のむじな長屋で生まれ育った三人組、政次、彦四郎《ひこしろう》、そして亮吉《りょうきち》だった。さらには鎌倉河岸の老舗《しにせ》の酒屋豊島屋や金座裏の宗五郎一家らに支えられて、なんとか生計を立ててきた。

それも今宵で豊島屋の奉公は終わりを告げる。年が明ければ長屋を引き払い、短い間だが豊島屋に移り住んで鎌倉河岸から金座裏に嫁にいくのだ。

長屋の庭に竹群があったが雪の降り積もった重みでか、しなる気配がした。そして、
ばさり
と雪が落ちる音が続いた。
部屋の中は母の遺品、父の残したわずかな家財道具と片付いていた。
火鉢に鉄瓶が、
しゅんしゅん
と音を立てて湯気を立ち昇らせていた。
しほはふと思い立って絵の道具を出し、画仙紙を広げた。三年厄介になった長屋の佇まいを描き残しておこうと思ったのだ。
裏庭への障子と雨戸を押し開いた。すると雪を被った竹が大きく曲がっているのが見えた。その下にやはり雪の中に赤く熟した南天の実が鮮やかに顔をのぞかせていた。
雪は本降りになっていた。
しほは寒さを忘れて雪を被った竹群と南天の実を写生した。
色付けは部屋の中でしようと障子を閉めようとした。すると障子の桟に秋の間に紛れこんで刹那《せつな》の生を終えた蜉蝣《かげろう》が儚《はかな》げに止まっていた。
「こんなところになぜ」

しほは障子の傍らに座し、画仙紙を新しいものと替え、蜉蝣の哀れにも美しい姿を描き始めた。

筆を動かしながら、しほの脳裏に五七五が浮かんだ。

「かげろふの必死にわが身を重ねるや」

しほは最後の奉公になる大晦日の昼前をゆったりと過ごしていた。

政次が金座裏に戻ったのは昼前の刻限だ。

金座裏には宗五郎とおみつの夫婦だけで静かな時間が流れていた。

「おや、のんびりだったね、また、御用かえ」

とおみつが顔を上げた。

「稽古納めにございましたし、本年は格別な催しがございました」

と政次は若手だけの十人総がかりの試合の模様を告げた。

「ほう、面白い趣向であったな」

「なんだって、お武家様を相手に政次が最後まで残ったって、大変なことだよ」

「おっ養母さん、成り行きです」

「成り行きだろうとなんだろうと大したものだよ。ねえ、おまえさん」

「政次の剣術歴は浅いがさ、わっしらの商売は真剣勝負だ。修羅場を潜った数じゃあ、道場稽古の武家では敵《かな》うまいよ」

と宗五郎が苦笑いし、おみつが、

「ああそうだ。小夜様が最前お見えになって小太郎様の風邪も治り、秋月藩の方も始末がついたので、今晩の集まりには出なさるとお知らせに見えましたよ」

「そうでしたか。小夜様もほっとなされたのでございましょう」

大晦日の夜、豊島屋では主の清蔵《せいぞう》が指揮をとり、しほの奉公納めを祝う集まりを催すことにしたのだ。

その席に永塚小夜も呼ばれていたが、このところ小太郎の風邪、秋田数馬一派との騒ぎと諸々《もろもろ》のことが同時に起こって、催しに出るかどうか迷っていたのだ。

「政次、豊島屋さんでは大勢お呼びになるのかねえ」

「いえ、豊島屋の一家と松坂屋《まつざかや》の隠居の松六《しょうろく》様、それとうちくらいだと思います」

「それでも二十人やそこらにはなろうな」

と宗五郎も言う。

「松の内が明ければ、しほは豊島屋に引っ越しだな」

「三月になれば祝言だ。うちも暮れの内の畳替えを春先まで伸ばして我慢したんですよ。まず年が明けたら畳替えだね」

　とおみつが言う。

「親分、一体お招きの客はどれくらいになりましょうか」

「それだ」

　と宗五郎が長火鉢の小引き出しから書付を取り出した。

「おれとおみつが祝言を挙げたときの正客が南北両奉行を筆頭に武家方だけで十人はいた。それに準じると此度もその程度は招かねば申し訳が立つまい。さらに今度はほの縁戚の川越藩からどんなに絞っても七、八人は出られよう。金座の後藤《ごとう》家、神谷道場、町名主《ちょうなぬし》、政次の親父《おやじ》様におっ母さん、松坂屋、豊島屋と絞りに絞っても六十人はなろうじゃないか。それにうちの手先連中を加えるとなると大変な数だ」

「別の機会に手先や彦四郎なんぞの若い連中を集めて一席設けるしかないじゃないか」

「祝言には八百亀を代表させて、それしか手はないか」

　宗五郎とおみつは頭を悩ましていた。

「おまえさん、仲人だけど松坂屋の松六様でいいんだね。私らの時は北町奉行の曲渕《まがりぶち》甲斐守《かいのかみ》様がなされたよ」

「あん時は親父に曲渕様から先んじての申し出で致し方なかったんだ。此度は政次が松坂屋からうちに養子入りした経緯もある。松六様に願うのが一番と思うがねえ」

「ならば今晩おまえさんから松六様の仲人の件、皆様に披露して下さいよ」

「分かった」

と宗五郎が承知した。

「えらくうちが静かですが、町廻りですか」

「片大工町の年寄りが朝から出かけたまま長屋に戻ってこないってんで、うちの連中も一緒に町内を探し歩いているところだ」

「ならば私も参ります」

「政次、急いでおまんまにするからさ、それを食べていきな。朝抜き、昼抜きじゃあ体が持たないよ」

とおみつが立ち上がった。

政次が急いで朝と昼を兼ねた御膳を食べて、玄関に出たとき、亮吉らが雪を被って戻ってきた。

「さ、寒いぜ」

「入堀の水の冷たいっていったらなかったね。水辺に薄く氷が張り始めていたもの、なあ、どぶ鼠《ねずみ》の兄さん」

「だれがどぶ鼠だ。波太郎《なみたろう》、その口を抓《つね》り上げるぞ」

と波太郎と掛け合う亮吉の声が震えていた。

「ご苦労さん、行方知らずの年寄りは見つかったか」

「若親分、堀に浮いていやがった。覚悟の入水《じゅすい》だ」

「自ら命を断ちなさったか。またそれはなぜだえ」

「若親分、片大工町の染め物屋の隠居だがね、長年胸の病を患《わずら》い、そいつを悩んでいたらしい。年の瀬に諸行無常を感じたか、密《ひそ》かに用意した白衣の死に装束に着換えての入水だ。付き合いのある八百亀の兄さんと常丸兄さんが町内の五人組と話し合いで町奉行所に届けを出した。大晦日というに片大工町じゃあ、通夜だぜ」

「それで年寄りの亡骸を引き上げるのに水に手を入れたか」

「岸辺に引き上げようとしたがこっちの手はかじかんで力が入らないや、往生したな」

「独楽《こま》鼠、ご苦労だったね。年の瀬に功徳《くどく》を積んだんだ。来年はおまえにもいいことがあろうと言うもんじゃないか」

と奥からおみつがお清めの塩を持ってきて亮吉らの身に振りかけた。

「おかみさん、いいことっておれの嫁さんがくるかな」

「そいつが望みか、ならば心当たりを探してみるか」

おみつはしほと所帯を持つ政次のことを気にしたか、いつになくしみじみと言った。

「おかみさん、あてはあるんだ」

「むじな長屋の姉娘か」

「あれは終わった」

「え、今年も振られ納めで年の瀬か」

「違わえ、おれがけんつく食わせたんだ」

「とも思えないね。大方、親父にうちの娘にまとわりつくななんか言われたんじゃないか」

「おかみさん、どうしてそいつを承知だ」

と亮吉が思わず洩らし、

「あああ、また袖《そで》にされたか、むじな亭亮吉兄い」

と波太郎が大仰《おおぎょう》に嘆いた。

「本人がしっかりしなきゃあ、おかみさんがいくら相手を見つけてきたからって、ものにはなるまい」

「来年の暮れも金座裏の二階でさ、年越しだ」

と若い仲間らに言われて、

「むじな亭亮吉師、未だ世に出ず、名を上げずや。嗚呼《ああ》、溢れ出る才、満ちる軍略、満天下に知らしむるはいつのことや。人の世は如何《いかん》せん、無常なり酷薄なり」

と亮吉が嘆息した。すると菊小僧と名付けられた子猫が、

みゃうみゃう

と合《あい》の手を入れるように金座裏に鳴き声を響かせた。

第三話　小太郎の父

一

鎌倉河岸《かまくらがし》にその夕べ四、五寸余の積雪が覆い、千代田城も屋根に白いものを頂いていつもとは感じが違う風情を見せていた。

あと二刻半（五時間）余りで除夜の鐘を聞こうという江戸の町にはいつもの年の瀬より借金取りに走り回るお店《たな》の番頭、手代の姿も少なかった。むろん雪のせいだ。

だが、鎌倉河岸の銘酒問屋の豊島屋《としまや》からはいつにもまして賑《にぎ》やかな声が響いていた。奉公していたしほがこの夜限りで店を辞《ひ》くのだ。それを惜しむ常連客が押し寄せていた。

「今年の年の暮れは奇妙きてれつだぜ。年越しの蕎麦《そば》の代わりによ、代わり映えもしねえ、田楽《でんがく》で除夜の鐘だ。新しい年も大したことはねえな」

と、すでに酒に酔ったお喋《しゃべ》りの駕籠屋《かごや》の繁三《しげぞう》が大声を張り上げ、

「こら、お喋り繁三。代わり映えもしない田楽のお代をいくら溜《た》めているんです。雪の中に叩《たた》き出しますよ」

と主《あるじ》の清蔵《せいぞう》に怒られた繁三が、

「代わり映えもしない田楽ってのは言葉の綾《あや》だ、許してくんな」

と謝った。

一角には金座《きんざ》裏《うら》の宗五郎《そうごろう》、おみつの夫婦と政次《せいじ》ら一統、松坂屋《まつざかや》の隠居の松六《しょうろく》、おえい夫婦、むろん豊島屋の清蔵、とせ夫婦、北町奉行所定廻り同心の寺坂《てらさか》毅一郎《きいちろう》まで姿を揃《そろ》え、最後に永塚《ながつか》小夜《さよ》まで駆け付けてきた。

「小夜様、雪の中、恐れ入ります」

しほが小夜の袖《そで》に止まった雪を払い、言葉をかけた。

「小太郎《こたろう》が寒さのせいで寝つきが悪く、寝かしつけるのに手こずりまして遅くなりました」

と小夜が詫《わ》びて席に混じった。

「これでおよその顔ぶれは揃ったね。じゃあ、始めようか」

と主の清蔵が立ち上がり、

「ご一統様にご挨拶《あいさつ》申し上げます。もはやご存じかとは存じます、長年うちの看板娘として働いて参りましたしほが今宵《こよい》かぎり豊島屋の奉公を辞することになりました。その後の身の振り方ですが、金座裏の若親分と所帯を持つまでうちに預かり、花嫁修業に努めることになりました」

「なあんだ、もう豊島屋からしほちゃんの顔がなくなると思ったがいるんじゃねえか、代わり映えしねえぜ」

「こら、お喋り繁三、黙りなされ。最前から田楽が代わり映えしないだの、うちが代わり映えしないだの、繰り返してますがほんとに」

「先を言うな、旦那。雪の中に叩き出すというんだろ。へえ、すいませんでした」

ぺこりと頭を下げて詫びた繁三の態度に再び清蔵が挨拶を続けようとしたが、

「あれ、どこまで話しましたかな。繁三のせいで忘れましたよ」

と首を傾《かし》げた。

「旦那、しっかりしてくんな。しほちゃんがこちらで花嫁修業をするってとこまでだ。あとの話はさ、出来るだけ掻《か》い摘《つま》んでくんな」

と亮吉《りょうきち》が半畳《はんじょう》を入れながら頼んだ。

「ともかくさ、祝言が行われる三月三日のひな祭りの日までうちで大事に預かりますよ、宗五郎親分、おみつさん」

と名を挙げられた二人が清蔵に頭を下げた。

「そんなわけです、いいかえ、繁三。これまでのようにしほちゃん、酌なんぞと馴《な》れ馴れしくするんじゃありませんぞ」

「えっ、うっかり言葉もかけちゃならないのか。そりゃ、おかしいぜ」

「どこが、おかしい、お喋り駕籠屋」

清蔵と繁三の掛け合いが再び始まろうとしたとき、しほが立ち上がった。

「大旦那様、皆々様、長いこと未熟者のしほを可愛《かわい》がって頂きまして有り難うございました。豊島屋奉公はひとまず今宵かぎりにございますが、急にしほがしほでなくなるわけではございません。こちらでの行儀見習い、その後の金座裏に嫁入りと境遇は変わりますが、ご一統様方にはこれまで同様のご指導のほどをお願い申します」

しほの挨拶に豊島屋にいた常連客からやんやの拍手喝さいが沸き起こった。

「なんだ、やっぱり変わりねえや」

と、どこか安心したような繁三の間の抜けた声が響き、

「しほ姉ちゃん、金座裏に行ってもよ、でーんと納まらないでくれよな」

と小僧の庄太《しょうた》がしみじみと言った。

「お願い申します」

「庄太さん、大丈夫よ。変わるはずもないわ」

しほが庄太に約束し、宗五郎がしほの傍《かたわ》らに立ち上がった。それを見た政次も腰を上げ、しほの傍らに寄り添った。

「しほ、長年ご苦労だったな。こちらに奉公していたときの気持ちを忘れずに金座裏に嫁に来てくれ」

「はい」

しほが義父になる宗五郎の言葉を受けた。

「ご一統様の前でちょいとお願いがございます。武州《ぶしゆう》川越藩村上田之助《むらかみたのすけ》様と久保田早希《くぼたさき》様の娘志穂ことしほが、わっしどもと関《かか》わりを持ったのは思い起こせば今から三年前の春、しほの親父様が非業《ひごう》の死を遂げられたのが切っ掛けでございました。三年と一言にいえばさほど長くもねえ年月だが、わっしにとっては長い長い歳月にございましたよ。母親に先立たれ、父を亡くしたしほが一人前の人間に育ったのも豊島屋を始めとするご町内の方々の温かいお力添えがあればこそにございます。その上、うちの政次と所帯を持ち、金座裏の十代目を支えることになった。わっしもおみつも一時はおれの代で金流しの十手稼業もお仕舞いと覚悟を決めました。それがこうして若い二人が金座裏に入ってくれる。それもこれも鎌倉河岸にゆかりの皆さん方の温かいお気持ちと古町《こまち》町人の義侠心《ぎきょうしん》があったればこそにございます」

宗五郎は政次としほを振り見て、また一同に視線を戻した。

「九代目宗五郎、若い二人に成り替わりお礼を申します。今後とも未熟者の二人の行く末を気長に見守って下さるようお願い申します」

改めて宗五郎ら三人が頭を下げ、拍手が店じゅうから起こった。

そのとき、戸が開かれ、蕎麦の匂《にお》いが、
ぷーん
と漂ってきた。

「繁三じゃないが今晩は年の瀬、名物の田楽だけではいくらなんでも新珠《あらたま》の年も迎えることができませんよ。そこでさ、店の外に馴染《なじ》みの二八蕎麦屋を呼んでございます。年越の蕎麦を存分に賞味して下され」

と清蔵が説明し、繁三が驚きの声を張り上げた。

「なにっ、ただかい」

「さすがに豊島屋の大旦那、酸《す》いも甘いも承知しておられる」

「それを言うなら田楽も蕎麦も心得ておられるだ」

「煩《うるさ》い、お喋り駕籠屋」

と賑やかな言葉が客の間を飛び交い、一段と高い歓声が上がった。

「さすがに伊達《だて》には年を食ってねえや、清蔵の旦那、今年吐いた悪態の数々撤回申します」

「よう言うた、繁三。来年はうちにツケなんぞ残さぬよう、蕎麦を食って張り切りなされ」

「へえ」

と繁三が畏《かしこ》まったところに最初の蕎麦が運ばれてきた。

「旦那、念を押しますがこの蕎麦、何杯食べてもただかい。二杯目から銭を取るって話じゃないだろうね」

「繁三、年の瀬です。しみったれたことを訊きなさんな」

「ただだね」

「当たり前です」

「しめた。おーい、蕎麦屋、どんどん持ってこいよ」

と繁三の声が高く響いた。

「まあ、一つ」

と宗五郎、おみつ、政次、しほと新しく一つの家族になる四人が一座の松六らの杯を満たして回った。

「金座裏、おめでとうさん」

と松坂屋の松六が音頭を取った。

「ご隠居、杯の酒を干す前に念押ししておくことがございます。此度の祝言の仲人、松六様とおえい様にやはり引き受けて頂きとうございます」

「金座裏、そなたの家はただの古町町人ではありませんよ。公方《くぼう》様お許しの十手持ちだ。おまえさんの折も北町奉行曲渕《まがりぶち》様が取り持ちでございましたよ」

「へえ、いかにもさようでした。ですが、此度は政次もしほもこの鎌倉河岸に馴染みを持った町人です。ここは一番、松坂屋のご隠居にお願い申したいのですよ」

と願った宗五郎が、

「寺坂の旦那、それでようございましょう」

と毅一郎に顔を向けた。

「金座裏の判断に誤りがあるものか。奉行の小田切《おだぎり》様は残念と申されようが古町町人の絆《きずな》大事、宗五郎親分の気持ちが大事だぜ」

と伝法《でんぽう》な定廻り同心の口調で賛意を示した。

豊島屋に味噌《みそ》田楽と蕎麦の香りが混じって流れ、酒の香と相俟《あいま》っていつもの年とは違う光景が店じゅうで繰り広げられていた。

黄八丈《きはちじょう》の縞《しま》模様に襷《たすき》をかけたしほは絵筆を口に咥《くわ》え、画帳を片手に抱えて店の光景に目を凝らした。

しほの暮らしを支え、生き甲斐《がい》を見出《みいだ》してきたお店だった。その奉公を辞す、しほの胸に熱いものが込み上げて去来した。

しほは今宵の集まりを一枚の画帳の中にどう捉《とら》えることができるか思案した末に筆を一気に走らせ始めた。

しほが寛政十二年（一八〇〇）の大晦日に描いた下絵は後に、

「鎌倉河岸豊島屋年の瀬光景」

と呼ばれる大作になり、豊島屋の店を飾ることになる。

しほは感謝の気持ちを込めて広々とした土間に展開される師走《しわす》模様を必死で描き留めていく。

どれほどの刻限が過ぎたか、十数枚に分けられた下絵を描いた頃合い、
ぴゅっ
という風とともに豊島屋の店内に雪が吹きこんできた。

「蕎麦屋、戸口を閉めねえ！」

と繁三が酔眼で怒鳴り、

「わあっ！　雪お化けだ」

と驚きの声を続けた。

店にいた全員が繁三の視線の先を見た。

顔も頭も雪塗《ゆきまみ》れの男が戸口の前に突っ立ち、なにか叫びかけたが、寒さに言葉にならないようだった。すると八百亀《やおかめ》が、

「青正《あおしょう》の手代の文次《ぶんじ》さんと違うか」

と問うと雪塗れの人影が、

「さ、小夜様、こ、小太郎様がたいへんだ」

と言葉をようやく吐き出した。

小夜と政次が同時に立ち上がり、

「文次どの、小太郎がどうしました」

「さ、攫《さら》われた」

「なんだって！」

と亮吉の声が一同に為り変わって響き、小夜が青正の離れ屋へと飛び出して行った。

政次が前帯に挟んだ銀のなえしの柄《つか》を無意識の裡《うち》に触ると小夜に続いて、

「どなた様もご免なすって」

と飛び出していった。さらに亮吉、常丸《つねまる》ら金座裏の手先の面々が雪の鎌倉河岸に出ていき、豊島屋は一瞬凍り付くような静寂に落ちた。

親分の下に残ったのは八百亀に続いて老練な手先の稲荷《いなり》の正太《しょうた》とだんご屋の三喜松《みきまつ》の二人だ。

宗五郎が懐から手拭《てぬぐ》いを出すと文次に歩み寄り、雪を払い落としながら、

「しほ、白湯《さゆ》を頼むぜ」

と命じた。

「はい、親分」

しほが絵筆と画帳を小上がりの隅に置き、勝手に駆け込んだ。温《ぬる》めの湯を飲んでようやく人心地ついた文次に、

「文次さん、よう知らせてくれましたな。小太郎様になにが起こったか、この宗五郎に話してくれませんか」

と落ち着かせるようにわざとゆったりとした口調で問うた。

「へえ、親分。わっしらが年越しの蕎麦を食べている時分のこってすよ、うちの飼い犬が急に吠《ほ》え始めたんで。それに続いて離れ屋で子守のおいねさんの悲鳴が上がった

気配でございます。わっしらは蕎麦の丼《どんぶり》を抱えて、母屋から庭に飛び出したんで。そしたら、侍が小太郎様を小脇に抱えて、もう一方の手に抜き身を下げて飛び出してきたんでさ」

「なんと」

と寺坂毅一郎が押し殺した声で呟《つぶや》いた。

「うちの隠居が、お侍、なんの真似《まね》だ、と侍の前に飛び出していこうとなされたら、そいつがさ、抜き身を構えて、小夜に伝えよ。わが子の小太郎を申し受ける、戻して欲しくば独りで取り戻しに参れって叫ぶと裏口から飛び出して消えたんで。わっしらも追いかけたが、野郎、下駄新道《げたしんみち》から中之橋に走り、どうやら橋の袂《たもと》に止めてあった舟で幽霊橋のほうへと消えさったようなんですよ、なんたって雪道だ、舟のほうが早いや」

「およその事情は分かった、文次さん」

と応じた宗五郎が、

「その騒ぎが起こったのはおよそどれほど前だね」

「四半刻なんて過ぎてないよ、おれは隠居の命《めい》で中之橋から小夜様がおられるここに走ってきたんだからよ」

「侍と申したが、顔見知りだったかえ」

「いや、初めて見る顔だ。年の頃は三十前かね、身丈は五尺七寸くらいか。勤番者《きんばんもの》かねえ、三蓋菱《さんがいびし》の紋所の羽織袴《はおりはかま》を身につけてさ、髭面《ひげづら》に一文字笠《いちもんじがさ》を被っていたぜ」

と文次は意外にも冷静な観察眼を披露した。

宗五郎の視線が寺坂毅一郎にいった。

「秋月藩の一件、落着したと思うたが、どうやら見通しが甘かったようだな」

「まず秋田《あきた》数馬《かずま》の仕業《しわざ》にございましょう」

と応じた宗五郎は、

「わっしは秋月藩の江戸屋敷を訪ねます」

しばし沈思した寺坂が、

「雪の中増上寺《ぞうじょうじ》裏までのすのは大変だが頼もう。おれは青正に行く」

「へえ、お願い申します」

と二人がてきぱきと分担を決めた。

寺坂毅一郎が直《す》ぐに雪の中へと出ていった。定廻同心だ、どんな時でも身軽に動くのが信条だ。

「清蔵さん、こんなわけだ。あとはお願い申します」

と頼む宗五郎に清蔵が、

「えらいことになったね」

「小太郎様になにがあってもならねえ、必死で勤めます」

「大晦日の夜に大変だが、お願い申しますよ」

「これが御用でさ。付きましては松坂屋のご隠居の帰り道が心配だ」

「それは案じなさいますな、うちでちゃんとお送り申しますよ、親分」

と雪道を戻る松六とおえいの足を慮《おもんぱか》った。

「親分、清蔵さん、ここは餅屋《もちや》にお任せして私どもはお開きに致しましょうか」

と松六の声でしほの奉公納めの宴《うたげ》は急に終わりを告げることになった。

「親分、おれを連れていってくんな」

と手早く裾《すそ》を絡げて後ろ帯にたくし上げる宗五郎に三喜松が言い出した。

「よし、なにかあってもいいように稲荷、おめえはおみつと一緒に金座裏に戻り、神輿《みこし》を据えていろ。おれとだんご屋で新堀川までのす」

と手配りを決めた。すると繁三がよろよろと酔った腰付きで宗五郎に歩み寄り、

「親分、おれたちが送っていくぜ」

と言い出した。

「繁三さんや、気持ちだけ受け取ろうか。おまえさんの腰付きじゃあ、一石橋《いっこく》までもいけめえよ」

と笑って断ると、

「おりゃ、酔ってなんかねえよ」

と片足立ちをしてみせようとしたが、

どしん

と土間に腰砕けに転がった。

「お喋り、無理だ無理だ」

と常連の客に言われて繁三もよろよろと立ち上がり、

「駄目かねえ」

と未練げに言った。

彦四郎が戸の隙間《すきま》から鎌倉河岸の雪を眺めていたが、

「親分、歩いていくのは難儀ですよ。おれが猪牙《ちょき》を出す、徒歩《かち》で行くより大川を下って鉄砲洲《てっぽうず》から金杉川へ入ったほうが楽だぜ。直ぐに仕度をして鎌倉河岸に猪牙を回す」

宗五郎の返答も聞くこともなく表へと飛び出していった。

「繁三さん、今晩は長屋に戻って休みねえ」

「親分、悪いな。その代わりよ、松坂屋のご隠居を送っていこう」

と言い出したが松六が、

「私には政次としほご両人の仲人が待ってます。龍閑橋《りゅうかん》から冷たい水の中に転がり落とされても嫌《いや》ですよ、ご免蒙《こうむ》りましょう」

と、こちらでも断られた。

豊島屋はぞろぞろと客が、

「よいお年をお迎え下さい」

と別れの挨拶をして雪の鎌倉河岸に飛び出していき、急に寂しくなった。

二

小夜は青正の開け放たれた裏戸から敷地に飛び込み、直ぐに政次らが続いた。

青正の母屋の軒に提灯《ちょうちん》が掲げられ、雪の庭を照らしていた。

「小夜様、すまねえ」

と隠居の義平《ぎへい》が小夜に叫んだ。

「小太郎が攫われたと聞きましたが真《まこと》でしょうか」

「面目ねえ」

　と答える義平に、

「おいねは無事ですか」

　とさらに小夜が訊《き》いた。

「それは」

　と言葉を詰まらせた義平の視線が恐ろしげに離れ屋を見た。その様子を見た小夜が離れ屋に飛び込んでいった。そして、寝間の廊下で立ち竦《すく》んだ。

「なんということが」

　政次は小夜の嘆きの声と同時に凍り付いた背を見ると、

「ちょいと失礼致しますぜ」

　と小夜の傍らをすり抜けた。

　有明行灯《ありあけあんどん》の明かりに子守のおいねが未《いま》だ幼い体をくの字に曲げて斃《たお》れている姿が浮かび上がった。寝巻きの胸は血で真っ赤だ。顔には恐怖より驚きの表情が張り付いて残っていた。

「許せねえ」

　と常丸が洩らした。

小夜がおいねの体に抱き付き、

「おいねちゃん、許して下さい。そなたは小太郎を守ろうとして命を落とされたのですね。嗚呼《ああ》、なんということを」

と叫ぶと慟哭《どうこく》の声が響き渡った。


松坂屋の松六とおえい老夫婦の二丁の駕籠につき従っておみつと稲荷の正太が鎌倉河岸から龍閑橋の方角へと消えていった。するとほぼ同時に彦四郎ともう一人見習い船頭の三太郎《さんたろう》が漕ぐ猪牙舟が鎌倉河岸の船着場に到着した。それは、胴中に簡単な苫《とま》葺《ぶ》きの屋根があって雪が避けられるようになっていた。

「おお、こいつは助かる」

「親分、箱火鉢を積んできたぜ」

「彦四郎、大いに恩にきるぜ」

菅笠《すげがさ》を被り、蓑《みの》を着込んだ宗五郎と三喜松が苫の下に潜《もぐ》り込むように乗り込んだ。

しほは、船着場に下りて猪牙が流れに乗るのを見送った。

「しほ、大変な奉公納めになったな」

「親分、これが金座裏の暮らしにございましょう」

「よう言うた。政次の御用は照り降り構わずだ、紋日《もんび》もなければ節季《せっき》もねえ」

「覚悟しております」

しほの声が雪の向こうから聞こえてきた。

しほは、石段を上がると枝に雪を積もらせた老桜の幹に手をかけて、

「どうか小太郎様をお助け下さい」

と祈った。

享保二年（一七一七）、八代将軍吉宗お手植えの八重桜はすでに八十幾年の歳月を鎌倉河岸で重ねていた。

しほはなにかあるとこの老桜に願うのが習わしだった。

「とうとう豊島屋の奉公も今日限り、無事勤め上げることが出来たのもお桜様のお陰にございます」

雪の中、しほの祈りはいつまでも続いた。

宗五郎と三喜松は一旦被った菅笠は脱いだ。だが、蓑は着たままにした。

猪牙舟に低い苫屋根こそあったが四方に建具《たてぐ》があるわけではない。横殴りの風が吹

きこんでくるのだ。それでも苦があるとないでは大違いだ。

宗五郎は日本橋川に入ったとき、腰から煙草《タバコ》入れを抜いた。

「親分、しほさんにはああ言いなさったが、こんな大晦日はそうそうあるもんじゃねえや。なんとも大変な年明けになりそうだ」

煙管《キセル》に刻みを詰めた宗五郎が大きく頷《うなず》き、

「なんとしても小太郎様を無事に取り戻したいものだ」

と答えたものだ。

「秋田数馬って秋月藩から抜けた侍に間違いございますまいな」

「まず他の懸念はあるめえ。小太郎様をかどわかしたところで小夜様が大金を持っておられるわけでもなし、他のだれかと悶着《もんちゃく》があったとは聞いてねえ。やはり仙台城下の愛憎が未だ尾を引いて続いているということだろうぜ」

三喜松は折から吹き込んできた風に、
ぶるっ
と身を震わせて、

「となると野郎、てめえの血のつながった小太郎様をどうする気ですかねえ。まさか殺しはしますまい」

「そうあって欲しいがな」

宗五郎は秋田数馬の狙《ねら》いは小太郎より小夜にあると考えていた。すでに小太郎が秋田家に入る話は藩が介入して潰《つぶ》れていた。とすると数馬が小太郎に拘《こだわ》る理由はありそうにない。

数馬と小夜は一時情愛を交わした仲だ。だが、小夜が懐妊してそれが道場主の父親に知られた時、恐怖に駆られた数馬は独り逃げ出し、その責めを友人の八重樫七郎太《やえがししちろうた》が負ったのだ。

秋田数馬は江戸に出て小夜の暮らしぶりを知り、再び恋情《れんじょう》が蘇《よみがえ》ったのではないか。小太郎を連れ去ったのは小夜に会いたい一念だと考えていた。だが、口にはしなかった。そんな推量を宗五郎は胸に抱いていた。

「三太郎、苫に衝立《ついたて》を嵌《は》めねえ」

猪牙舟の舳先《へさき》側と艫《とも》側の苫屋根下に二枚だけ板戸を建て付けられる工夫がなされているのか、三太郎が衝立を嵌め込むと前方から吹きこむ雪交じりの風が和らいだ。

「彦四郎、こいつは助かる」

「雪の日だけのお目こぼしですぜ、親分」

猪牙舟は元来無蓋《むがい》の乗り物だ。それに恒常的な屋根を設け、囲い板を嵌め込むことはできない。

「まあ、こんな日くらい奉行所も大目にみられようぜ」

なにしろ乗せているのが金座裏の親分だ。

日本橋川から大川へと猪牙舟は出た。

雪を混じえた横風が背からの北風に変わった。

真っ暗な川面《かわも》に三角波が立っているのが宗五郎には分かった。

彦四郎のほかに三太郎が加わり、二丁櫓《ろ》だ。それは猪牙を推進させるより方向を定めるために使われていた。子供の頃から大川や神田川を遊び場にして江戸の水路については滅法詳しい彦四郎ならではの荒技《あらわざ》だ。

大力《だいりき》の彦四郎は傍らに三太郎を従わせて荒天の流れでどう櫓を扱うか、また大川のどの水路を取るかなどを体で学ばせていたのだ。

猪牙は矢のように大川を下り、一気に永代橋《えいたい》を潜《くぐ》って霊岸島《れいがんじま》と佃島《つくだじま》の間の水路に突っ込んだ。すると波が変わり、舟が大きく揺れて、低い苫屋根が風に激しく鳴った。

それでも彦四郎の櫓捌《ろさば》きは確かなもので切っ先が江戸湾の波を切り裂き、人足寄場《にんそくよせば》の明かりを横目に佃島の渡しへと進んだ。

ここまでは彦四郎船頭の猪牙は日中の舟行より早く進んできたが佃島と鉄砲洲の間

を抜けた途端、舟足が止まった。

江戸湾の入口、辰巳《たつみ》の方角から波が押し寄せて猪牙を岸へと叩きつけようとした。風も北風から渦巻くような複雑なものと変わった。

「三太郎、しっかり腰を使え。腕力だけでは櫓は操れねえぞ、腰を入れて大きく使え」

彦四郎の叱咤《しった》が見習い船頭に飛び、三太郎も彦四郎の動きと呼吸を必死で真似た。

鎌倉河岸から苦闘一刻、超人的な舟足で浜御殿を過ぎ、新堀川の河口の湊《みなと》町に入って一行は一息吐いた。

猪牙がゆったりとした動きになり、三喜松がほっと安堵《あんど》の吐息を洩らした。

「親分、さすがに彦四郎だね、この荒れた天気の中、乗り切ってくれたぜ」

「見ねえ、岸辺に雪が七、八寸は積もっているぜ。徒歩《かち》できたらまだ道半《なか》ば、途中で難渋していたろうぜ」

と宗五郎も感嘆した。

秋月藩江戸屋敷は新堀川の中之橋南側にあった。

「彦四郎、ちょいと待つことになるがいいか」

「船頭は待つのが仕事だ」

彦四郎は平然と答えたが見習い船頭の三太郎は、船縁《ふなべり》に腰を下ろして肩で荒い息をついていた。

「頼んだぜ」

その言葉を残した宗五郎は、だんご屋の三喜松を従え、筑前《ちくぜん》秋月藩江戸屋敷の表門に立った。

そのとき、増上寺の時鐘が旧年と新年の架け橋の鐘を撞《つ》き始めた。すると大名屋敷の中から歓声が沸いた。

門番が洩らした叫びは、新年への期待の声か。

正月元旦の未明、町人は未だ夢の中だ。商人は深夜まで掛取りに走り、その一年の締め括《くく》りとして帳簿を整理して深夜に至った。

ゆえに元日の商いは休みだ。

職人や棒手振《ぼてふ》りが住む裏長屋では味噌、醬油《しょうゆ》、油、酒、米などの掛取りが回ってくるのを迎えてさっぱりと払い、新珠の正月を迎える、これが江戸っ子の心意気だった。もっとも払いの出来ない八さん、熊公は居留守を使うか雪の中をさ迷い歩くしかない。どんな借金取りも除夜の鐘が鳴り出すとお店に戻った。どちらにしても町方ではどこも眠りに就いたばかりだ。

また例年なら初日の出を見に行く人々で賑わう名所も人の姿はない。この大雪では日の出が見られる筈《はず》もなく、この大雪では出歩くこともできない。

町方は吹き荒《すさ》ぶ雪の音を寝床で子守唄代わりに聞きながら眠っていた。

だが、大名家、旗本衆の武家方はそうはいかなかった。

三箇日《さんがにち》は御礼登城が控えていた。

徳川家に忠誠を示す元日登城を控えて、町方のように安眠するわけにはいかなかった。

まず徳川一門、譜代《ふだい》大名は元日の六つ半（午前七時）に登城せねばならなかった。雪であろうと雨であろうと御礼登城は行われる。それも官位に合わせて装束姿だ。普段着慣れない装束に身を包み、屋敷から御城まで行列を組んで、六つ半には登城していなければならないのだ。

徹夜の仕度である。

筑前秋月藩黒田家は外様《とざま》ゆえ二日の登城だ。一門や譜代大名に比べれば元旦はゆっくり出来た。

そんな余裕の中にも緊張の様子が屋敷内から窺《うかが》えた。

三喜松が通用戸をどんどんと叩き、

「お願い申します」

と声をかけた。

「かような刻限どなたにござるな」

と門番が応じたが、その声は酔っているように思えた。

「ご門番、わっしは金座裏の宗五郎と申す御用聞きにございます。ご家老宮崎譲《みやざきゆずる》様に至急ご面会お願い申します」

「なにっ、町方じゃと。ただ今の刻限心得ておるか」

「ご門番、それを承知で金座裏から出てきたんですぜ」

「火急の用事というか」

「それもご当家に大事な話だ。早々にお取次ぎ願いましょうか」

宗五郎の言葉に門番が通用口の向こうで何事か話し合っていたが、
ぎいっ
と扉が押し開かれた。

蓑と菅笠の宗五郎と三喜松が黒田家六千四百余坪の拝領地に足を踏み入れた。

寺坂毅一郎の検視を受けた後、おいねの亡骸《なきがら》は青正の女衆の手で血が洗い清められた。そこへ知らせを受けたおいねの両親が下谷《したや》山崎町の裏長屋から青い顔で駆け付けてきた。

　小夜が二人の前に平伏し、頭を畳に擦り付けるほど下げた。

　父親が小夜を見たが母親のほうはすでに着替えを終えたおいねに視線を釘付《くぎづ》けにして、

「おいね、どうした」

と呟くとその場にへたり込んだ。

　宗五郎はその刻限、筑前秋月藩江戸藩邸の御用部屋で当家国家老の宮崎譲、それに聖堂改築作事奉行の諏訪《すわ》九平次《くへいじ》の二人と対面していた。

　宗五郎の報告を聞いた宮崎が、

「宗五郎、その者が秋田数馬にしかと間違いないか」

「確証が取れているわけではございません。青正の家族や奉公人が見たのは三十前後の武家でございまして、身丈は五尺七寸余、筋肉質の体格であったそうな。雪明かりで見た顔は髭面で、羽織の紋は三蓋菱でございました」

「なんということを」

と諏訪が洩らした。

「秋田家の家紋は三蓋菱にございますか」

と宗五郎が念を入れた。

「親分、いかにもさようじゃ」

「諏訪、三蓋菱は秋田家だけとは申せまい」

と宮崎が抗った。

「ご家老、その者、わが子、小太郎をほしくば小夜様一人で取り戻しにこいと命じたそうな」

しばし沈黙した宮崎が、

「なんと愚かな所業をしたものよ」

と呟くと、

「諏訪、石ヶ谷七郎太夫を召し出せ」

と命じた。

おいねの亡骸はそのまま青正の離れ屋におかれ、寛政十三年の年が明けた未明を通夜に見立てて隠居の義平が逮夜経《たいやぎょう》を上げることになった。

おいねの両親は放心したように突然死んだ娘の枕辺《まくらべ》に座していた。

小夜はその様子を見ているだけで
（小太郎とおいねだけにするのではなかった）

という後悔の念に苛《さいな》まれ、

（あやつ、人の皮を被った鬼か獣か、許せぬ）

という秋田数馬への憤怒《ふんぬ》の情を抑えることが出来なかった。

政次は政次で、筑前秋月藩に秋田数馬の処置を任せた判断が甘かったと悔いていた。しばらくは小夜と小太郎親子の身辺に目配りするべきであったのだ。それを怠ったせいでおいねが命を落とし、小太郎をさらわれたのだ。

義平の逮夜経はだらだらと続いていた。

政次が小夜の横顔に微妙な変化を見たのは、通りから雪かきをする気配が伝わってきた刻限だ。

なにか必死で考える小夜の顔に、
はっ
と緊張が走った。

顔を上げた小夜がおいねを囲む人々を見た。そして、政次と視線を合わせたが、

すうっ
と流れて外した。

石ヶ谷七郎太夫が宮崎の前に這《は》いつくばっていた。

「石ヶ谷、その方《ほう》、秋田数馬が回国修行に出たと申したな」

「はっ、はい」

「江戸に潜伏しておったのではないか」

「いえ、そのようなことは決してございませぬ」

「秋田数馬と思《おぼ》しき人物が永塚小夜の一子小太郎を攫うていきおったそうな」

「なんと」

「石ヶ谷、それでも数馬は回国修行で江戸を離れたと申すか。虚言を弄《ろう》すと石ヶ谷家まで潰すことになる、覚悟して答えよ」

「いえ、確かに数馬は江戸を離れましてございます、ご家老」

廊下に足音が響いた。

「ご家老、門前に金座裏の御用聞きの手先が雪塗れで親分に会いたいと来ておりますが」

「通せ」

「雪塗れにございます」

「構わぬ」

それでも玄関先で雪を払い落とされた体の常丸が寒さに凍った体で廊下に連れてこられた。歯がちがち鳴っているのが宗五郎にも聞こえた。

「常丸、話せるか。なにがあったか言えるか」

「へ、へえ、小太郎様の子守のおいねが秋田数馬に刺されて絶命致しました」

座に新たな緊迫が走った。そして、

「七郎太夫、石ヶ谷家廃絶の瀬戸際である、心して返答致せ」

と厳しい宮崎譲の宣告が吐き出された。

三

雪は夜明け前にいくらか弱くなった。だが、一夜の積雪は江戸府内で八寸余、外れに行くと尺余に及んだ。

江戸城近くの通りでは、徳川一門と譜代大名の行列が滑ったり、転んだり、雪と格闘していた。なにしろ正装した行列がいくのだ、乗り物を担ぐ陸尺《ろくしゃく》の足元はずぶずぶと雪に埋まり、道具方も苦労し、馬の轡取《くつわと》りは馬を宥《なだ》めるのに必死だった。

そんな気配が伝わる青物役所《やっちゃば》近くの青正の離れ屋で政次が押し黙ったままの小夜に話しかけた。

「小夜様、秋田数馬が江戸で小太郎様を連れて潜伏する場所に覚えはございませぬか」

「若親分、あの者は私と小太郎を捨てて逃げた人非人《にんぴにん》です。そのような者と約定した場所などありませぬ」

「いえ、私が申すのは秋田数馬が何気なく洩らした江戸の地名とかなにかを覚えておられぬかということです」

「ございませぬ」

小夜の返答はにべもなかった。

「となると秋田数馬から小夜様へ連絡《つなぎ》が入るってことだ」

「あの者の言葉など信用できるものですか」

「いえ、入ります。入らねば秋田がなぜおいねさんを刺し殺してまで小太郎様を連れ去ったか、その理由が分かりません」

小夜はちらりと政次の顔を見たがなにも言わなかった。

「私どもは一旦金座裏に引き上げます。念のために、波太郎を残しておきます。なにかあれば波太郎に伝えて下さい、直ぐに金座裏に連絡がいくようにしておきます」

と政次は小夜に言い残し、波太郎には、

「小夜様の命のとおりに動け」

と命じた。さらにおいねの始末を青正の義平に任せて、青正の離れ屋を亮吉、左官の広吉《こうきち》と伝次《でんじ》の手先三人を連れて出た。

「若親分、波太郎一人で大丈夫かねえ」

と政次の腹心の亮吉が不安げな声を上げた。

「小夜様よ、なんとなくだが小太郎様を取り戻すために独りで動くような気がするぜ」

「そう思うか、亮吉」

「若親分はそう思わないか」

「思うさ。だが、私たちが張り付いているかぎり小夜様は動かれない」

「小夜様と金座裏は一心同体、信頼し合ってきたと思ったがねえ」

「今の小夜様は普段の小夜様じゃない。小太郎様をなんとしても取り戻したいと一念の母親だ」

亮吉の顔が、ぱあっと明るくなった。

「そうか、若親分は小夜様を動かすために一旦金座裏に戻ると言いなさったか」

「そういうことだ。だがな、小夜様はおいねちゃんの亡骸の始末を終えないかぎり絶対に動かれることはない。青正の裏口を見張れる場所に心当たりはないか、亮吉」

「正月元旦、どこも寝入っているぜ」

しばし思案した政次が、

「亮吉、広吉とさし当たって鍋《なべ》町西横丁の番屋に陣取れ、あそこを拠点に青正の裏口の出入りを広吉と一緒に見張るんだ。まず小夜様も直ぐには動きなさるまいが、なにが起こってもいいように手立てを講じよう。見張所を設けるのは昼過ぎだな」

「合点承知だ」

急に亮吉が張り切った。

「若親分はどうしなさる」

「私は一旦金座裏に戻る。親分が秋月藩から戻られるのを待ってどうするか決める」

「よし、分かったぜ」

と万事を飲み込んだ亮吉が広吉を連れて雪道を番屋に向かって走り出した。

伝次を伴った政次は雪道を歩き出し、白み始めた寛政十三年の新しい正月の空を見上げた。

鈍色《にびいろ》の空から風花が舞い落ちていた。

「よく降りやがったぜ」

と伝次が脛《すね》の下まで潜る足で金座裏に向かい、その後を政次が追った。

室町通りから御礼登城に向かう行列の気配がしてきた。青物市場から金座裏まではどの距離はないが四半刻もかかった。

出迎えたのはしほだ。

「ご苦労さん」

「寝なかったのかい」

「だって小夜様や小太郎様のことを思うと眠る気にもなれないわ。台所を手伝ってお っ母さんと起きていたの」

と、しほがおみつのことをこう呼んで答えた。

「親分はまだのようだね」

しほが顔を横に振った。

「彦四郎の舟とはいえ難儀なさっておられるだろう」

政次は連絡に走らせた常丸が無事に新堀川南岸にある秋月藩上屋敷に到着したかど

うか、ちらりと案じた。

「小太郎様はこの寒さの中、どうしておられるかしら」

「二つとはいえ小太郎様は武家の子だ、きっと頑張っておられよう」

「そうね」

「しほちゃん、この騒ぎ直ぐには目処《めど》が立つとは思えない。じっくりと腰を据えるしかあるまい」

「政次、伝次、雑煮《ぞうに》が出来ているよ。食べて体を温めな」

とおみつが顔を覗《のぞ》かせた。

「うちの正月は騒ぎが済んでからだね」

腹が据わったおみつの言葉が金座裏に響き、政次もしほもおみつの言葉を頼もしく聞いた。

その頃合、宗五郎は石ヶ谷七郎太夫、諏訪九平次と一緒に麻布《あざぶ》村の宮村新道の本光寺門前にいた。

すでに夜は明けていた。

ふうっ

と諏訪九平次が大きな息を吐いた。

秋月藩江戸家老宮崎譲の厳しい追及に石ヶ谷七郎太夫は、今から三月前に江戸を訪れた秋田数馬を石ヶ谷家の菩提寺《ぼだいじ》の本光寺の宿坊に匿《かくま》っていたと答えざるを得なかった。

「おのれ、過日は虚言を弄しおって」

「申し訳ございませぬ」

七郎太夫が畳に額を擦り付けて詫びた。

「石ヶ谷、未だ数馬は本光寺の宿坊に隠れ潜んでおるのじゃな」

「さてそれは」

「はっきりと返答いたせ」

宮崎の追及に石ヶ谷七郎太夫が、

「過日、数馬にはすでにそなたの行状が知れておるゆえ藩への復帰は叶うことはあるまい、また府内にいては藩のみならず秋田家にもわが石ヶ谷家にも迷惑がかかるゆえ即刻江戸を離れよと命じましてございます。ゆえに江戸にはおりませぬ」

「その方、確かめたか」

「いえ」

戯《たわ》け、と宮崎が叱責《しっせき》し、

「その折、正直に答えられるべきでした」

と元目付の諏訪が口を挟んだ。

石ヶ谷が顔を上げると弱々しい視線で諏訪を見た。

「強訴《ごうそ》の主謀人を斬《き》ったは、藩意を含んでのことと数馬より聞いております。数馬も八重樫七郎太も藩のために行動したことにございます。若い二人は、藩への復帰を夢見て永の道中に出たのです。それを思うと不憫《ふびん》でなりませぬ」

「おのれ、重ね重ねの愚かな言辞を弄しおって、戯け者が！」

さらに厳しい宮崎譲の怒声が御用部屋に響き渡った。

「石ヶ谷七郎太夫、よう聞け。強訴の主謀人を斬れなどという藩命は出される筈もない。肝に銘じておけ」

と宮崎譲の鋭い舌鋒《ぜっぽう》が石ヶ谷の口を封じた。その場に同席していた金座裏の宗五郎の手前だ。

「ともあれ、その方、未だ本光寺に秋田数馬あらばひっ捕らえて屋敷に連れて参れ」

と宮崎が厳命した。

「ご家老、幼い命が絡む話にございます。わっしも同道致します」

「致し方あるまい。金座裏、そなたと諏訪の同道を許す」

と言外に手先の同道を拒絶した。

金座裏は幕府につながる御用聞きだ。

秋月藩が対応を間違えればどのようなお咎《とが》めが下るか知れなかった。それだけに江戸家老宮崎譲としても必死だ。

本光寺の山門の屋根にも参道にも一尺を越した雪が降り積もり、真っ白な銀世界が広がっていた。

宗五郎は山門下で今歩いてきた宮村新道を振り返った。

三人の足跡だけが深く刻まれていた。

「参ろうか」

と山門下で呼吸を整えた諏訪が言い、刀の鯉口《こいぐち》を切るとまた戻した。その様子を石ヶ谷七郎太夫が黙って見ていたが、

「諏訪どの、数馬を斬られるおつもりか」

「出方次第にござる」

元目付は決然と言った。

「数馬は抵抗するやもしれませぬ」

「斬る」

と諏訪も決死の覚悟で言い切った。

宗五郎は小太郎を無事取り戻すことだけを考えていた。

どこで打ち出したか、雪の上がった朝空に時鐘が響いてきた。

明け六つの時鐘だ。

三人は再び雪の中に足を踏み入れて本光寺の宿坊に向かった。

だれのための宿坊か、本堂や庫裏《くり》から離れて秋田数馬がこの三月暮らしてきたという隠れ家がひっそりとあった。

諏訪が再び静かに鯉口を切った。

宗五郎は背に斜めに差し込んだ金流しの十手の柄に手をかけた。

石ヶ谷七郎太夫が、

「数馬、数馬、おれじゃ、叔父《おじ》の七郎太夫じゃ」

と呼びかけた。

だが、中から答える者はいなかった。

「数馬、わしじゃ。藩命で参った」

諏訪が表口に回り、玄関戸口に手をかけた。石ヶ谷も続いた。

宗五郎だけは庭にいて気配を窺っていた。飛び出してくる数馬を待ち受けるためだ。宿坊に二人が踏み込んだ気配がした。だが、なんの反応もない。ということは数馬が未だこの宿坊に隠れ潜んでいるにせよ、今はいないのだと宗五郎は判断して、玄関に回った。

宗五郎が板の間の宿坊に入ると澱《よど》んだ寒気が諏訪と石ヶ谷の侵入で逃げ場を求めてせめぎ合っていた。

宗五郎は雨戸を開いて外の鈍い明かりを板の間に入れた。

「宗五郎親分、秋田数馬はここには戻る気配はないようだ」

と諏訪が告げた。

持ち物一つ残された形跡はなく、寺から借り出されていた筈の夜具も見当たらなかった。

「やはり数馬はそれがしの言葉を聞いて江戸を離れたのでござる。町方などの手など借りる要はなかったのだ」

石ヶ谷七郎太夫は宗五郎が介入したことを非難するように言った。

「石ヶ谷七郎太夫様、柳原土手で渡世人を雇い、永塚小太郎様を誘拐しようとした折の頭分は、おまえ様にございましたな。わっしはね、秋月藩のことを思えば柳原土手の騒ぎや三島町の林道場の一件には目を瞑《つぶ》るつもりにございましたよ。もし、これ以上、おまえ様が秋田数馬を庇《かば》い立てなされるつもりなら、金流しの十手に懸けて白黒つけますぜ」

「いや、親分、そうではない。それがし、なにも数馬に加担する覚えはさらさらない」

と石ヶ谷が慌てた。

「秋田数馬がつい昨夜まで鎌倉河岸裏にいたことは確かなんでございますよ。その上、永塚小太郎様を誘拐し、罪咎もねえ娘を一人刺し殺した。そいつを忘れちゃ困りますぜ」

「わ、分かっておる」

「石ヶ谷様、最後にお尋ね申します。ここの他に秋田数馬が江戸に潜む隠れ家に心当たりはございませぬので」

「それがし、この寺以外にあてはないゆえ数馬に口利きできるわけもない」

宗五郎が石ヶ谷七郎太夫をじろりと睨《にら》み、

「わっしは庫裏に立ち寄って参ります」

と宿坊から姿を消した。

彦四郎の猪牙舟に乗った宗五郎の一行が一石橋際、北鞘河岸《きたさや》に戻ったのは昼の刻限だった。

「彦四郎、年始めから汗を搔かせたな」

宗五郎が彦四郎に一両、三太郎に二分の祝儀を渡した。

「少し体を休めねえ。なんにしても直ぐには目処が立つまい」

と政次と同じ判断を告げた。

「御用に役立つことならばなんでも言ってくんな。綱定《つなさだ》の船頭部屋で寝ていらあ」

と言う彦四郎と三太郎を北鞘河岸に残し、宗五郎、三喜松、常丸の三人は金座裏に戻った。

ちょうどその時、政次は青正の裏口を見張ることのできる草履屋の二階を借りる手筈を終えたところだった。

「ご苦労にございました」

政次が宗五郎らに声をかけた。

「彦四郎じゃあなきゃあ、あんな荒技は出来めえぜ。吹雪《ふぶき》の大川から江戸湾浜御殿沖を乗り切った。正直いっておれの肝も縮んだ」

「えっ、わっしは親分が平然としていなさるから口に出さなかったがよ、金玉が縮み上がるほど恐ろしくてさ、佃島辺りじゃあ、下ろしてくんなと叫びたくなったぜ。なんだ、親分も怖かったか」

とだんご屋の三喜松がほっとした顔をした。

「おれも小便がちびりそうになった口だ、だんご屋」

「安心した」

と三喜松が笑った。

一同が玄関土間から居間に移動した。

「八百亀の兄さんが頭分で小夜様の動静を見張っております」

と居間に落ち着いた宗五郎に政次が昨晩からの経緯と動きを報告した。

「そうか、小夜様はなんぞ心当たりがありそうな様子を見せなさったか」

「私の観察にございますから勘違いやもしれません。ですが私にはなにか心に秘めた場所に思い当たった顔付きを一瞬なさったように見えました」

「まあ、小夜様に心当たりがなくとも秋田数馬から連絡をつけてこよう。もはや秋月藩は頼れぬ」

今度は宗五郎が政次らに秋月藩訪問で分かったことを告げた。

「となると小夜様がいつ動かれるか、あるいは秋田数馬がいつつなぎをつけてくるかを見落としちゃならねえってことですね」

常丸が言った。

「政次、いつになるな、どちらかが動き出すのは」

宗五郎が念を押して聞いた。

「小夜様は小太郎様の身を案じて悶々《もんもん》としておられましょう。ですが、小夜様はおねの弔いを出さないかぎり動きはしますまい。問題は秋田数馬にございます、小太郎様を抱えてのことです。仲間がいればその者に世話を頼めましょうが、一人となるとここ一両日ちゅうに動くかもしれません」

「まずそんなとこか」

と宗五郎が言ったとき、

「遅くなったがねえ。居るものだけで正月の屠蘇《とそ》を飲んで、小太郎様の無事を祈ろうかねえ」

と居間に続く大広間の向こうからおみつの声がかかり、襖《ふすま》が開かれると、結い立ての島田髷《まげ》に晴れ着のおみつやしほや女衆がおせち料理の膳を運んできた。

「よし、かたちばかりだが新年を祝おうか」

という宗五郎の声で金座裏の手先たちが膳の前に着いた。

四

金座裏に静寂のうちにも緊迫した三箇日が流れようとしていた。

降り残った雪が御礼登城の大名方や旗本、古町町人の足元を難儀させ、袴の裾や足袋《た び》を汚した。

金座裏は古町町人だ。例年なれば三日に城上がりして将軍家に御目見《おめみえ》する予定だが事情が事情だ、遠慮した。

そんな間にも青正の離れ屋敷では正月にひっそりとおいねの弔いが行われ、夕方になっておいねの亡骸は青正から下谷山崎町の檀家《だんか》寺に運び出された。

そのようなすべての行事を青正の隠居が仕切ってくれた。

元日の夜、青正の離れ屋に小夜一人が残された。

それを金座裏の面々が昼夜を分かたず見張っていた。

三日の昼下がり、青正に三河万歳《みかわまんざい》が訪ねてきて店先で一指《ひとさ》し舞って祝儀を受け取り、次の家へと消えた。さらに続いて獅子舞《ししまい》、太神楽《だいかぐら》が訪れたが、格別変わった様子はなかった。そろそろ三日が暮れようという刻限、離れ屋の裏木戸から、凧《たこ》を手にした十歳ばかりの男子二人が入っていき、直ぐに出てきた。

その時、見張りに付いていたのは政次を頭とした常丸、亮吉、伝次の四人だ。直ぐに常丸と亮吉が動き、二人の少年の後を追った。

政次はただ裏戸から小夜が出てくるのを待った。だが、離れ屋の主《あるじ》は直ぐには動く様子はなかった。

「若親分、秋田数馬から連絡《つなぎ》が入ったぜ」

と亮吉が叫びながら見張所に戻ってきた。

「二人はこの近くの裏長屋の餓鬼でな、侍に文を青正の離れ屋に届ければ小遣いをやると唆《そその》かされて二十文ずつ貰《もら》って請け合ったのだ。結び文の内容は知らないが、まず秋田数馬からとみてよかろうぜ」

「やはりそうか」

政次が頷いたとき、常丸も戻ってきた。

「若親分、文を受け取った小夜様だがね、ご苦労でしたねと優しく言葉をかけて蜜柑《みかん》を二人に持たせたそうな。他に変わったことがなかったかと念を押してみたら、小夜様は髪をひっ詰め、袴を履いて腰に小刀を手挟《たばさ》んだ若侍姿に戻っていなさったそうだぜ」

「やはり小夜様は秋田数馬と独りで対決なさる気だな」

と亮吉が言い、

「動くとしたら今晩かね」

と呟いた。

政次は伝次を金座裏に使いに出して秋田数馬から連絡があったことを宗五郎に報告させた。四半刻後、伝次が風呂敷包みを手に下げて戻ってきて、

「若親分、親分は政次に任せると一言言いなさっただけだ」

と宗五郎の言葉を告げた。

政次もまた沈黙裡《り》に養父にして親分の伝言を受けた。

「伝次、風呂敷は握りめしか」

と亮吉がそのことを気にした。

「ああ、おかみさんとしほさんが用意していなさったんだ」

風呂敷包みが解かれるとまだ温かさが残る握りたての握り飯が出てきて、脇にはおせち料理の煮しめや漬物が添えられていた。

四人は黙々と握り飯を食べて腹を満たした。

見張所での夕餉《ゆうげ》が終わっても小夜は動く気配はない。

石町の時鐘が五つ（午後八時）を告げたが、それでも青正の離れ屋はひっそりとしていた。

「若親分、おれがそっと離れ屋を見てこようか」

と痺《しび》れを切らした亮吉が言った。

「いや、小夜様は私たちが見張っていることを承知なさっておられる筈だ。これ以上、変に刺激はしないほうがいい」

永塚小夜は女武芸者として一流の腕前の持ち主だ。絶対に政次らが見張っていることを承知で行動する筈だ。その瞬間までそっとしておくのがいいと政次は亮吉の提言を拒んだ。

さらに半刻、一刻と時が過ぎた。

四つ半（午後十一時）の頃合か、

ぎいっ

と木戸が開いた。

「小夜様だ」

亮吉の声を待つまでもなく若侍姿の永塚小夜が腰に両刀を手挟んで姿を見せた。

「私がまずいく」

と政次が手先三人に宣告した。

「おれたちは置いてきぼりか」

亮吉が不満げに言った。

「小夜様を刺激したくないだけだ。私が行き、そのあとを常丸、亮吉の二人が私を付けるのだ。秋田数馬が途中で小夜様を襲うことも考えられる、気を抜くんじゃないよ」

「合点だ」

と亮吉が返事した。

「若親分、おれはどうする」

と伝次が聞いた。

「親分に報告してくれ」

「なにか他に言付けがございますかえ」

「それだけでいい」

政次が見張所を出た。さらにしばらく間を置いて常丸、亮吉が出て、三人を見送った伝次が金座裏に走り出した。

小夜は三島町の雪道を東に進み、神田川を和泉《いずみ》橋で渡った。佐久間町を北に行くと通りの両側には、旗本、御家人の屋敷が続く。

小夜は後ろを見ることなく歩んでいく。

不忍池《しのばずいけ》から流れ出た疎水に架けられた一枚橋を渡ると上野山下に出た。

政次は小夜がおいねの家族が住む下谷山崎町を訪ねるのではないかと思った。車坂を下る途中、高岩寺を過ぎた辺りで小夜は右手に折れた。

「間違いない、おいねの実家だ」

と政次が小さな声で呟き、間を詰めるために走った。だが、曲がった先には小夜の姿はなかった。

「しまった」

政次は足音を消してさらに進んだ。交代寄合近藤縫殿助屋敷の塀沿いに進むと道は鉤《かぎ》の手に曲がる。

この界隈《かいわい》から下谷山崎町だ。

だが、真っ直《す》ぐに伸びた雪道に小夜の姿はない。

小夜はおいねの家を訪ねると見せて尾行してくる筈の政次をまく気だったか。

政次は山崎町一丁目を北に向かって進んだ。おいねの家族が住む長屋が山崎町とは承知していても、それがどこか政次は知らなかった。

（しくじったか）

と政次は山崎町の一丁目と二丁目の辻《つじ》で嘆息した。

五感を研ぎ澄まして小夜がどちらに向かったか、その気配を感じ取ろうとしたが分からなかった。無益にも小夜の姿を見失って四半刻が過ぎ去ろうとしていた。

そのとき、人の気配が路地からした。

政次は軒下に身を潜めた。

「いいところに奉公したと思ったらよ、仏で帰ってくるなんてなんてこった」

「正月早々、玄の親父もついてねえぜ」

職人らしい二人が辻に現れた。

「弔いの帰りのようだが、おいねの長屋ですかえ」

政次の問いにぎょっとした二人が、

「おまえさんは」

「金座裏の政次って駆け出し者です」

「なんだ、金座裏の若親分かえ。ああ、おれたちゃあ、おいねの弔いの戻りだ。弔いはよ、奉公先で終えたというがおれたちの腹が納まらないや。今晩、仕事仲間が集まっておいねのさ、弔いをし直したんだ」

「おいねの家に若侍が訪ねていきませんでしたか」

「おお、来たぜ。あれがおいねの奉公先の主だってな、女だてらに侍のなりしてさ、おいねの親父に弔意金だかを差し出してさ、さあっと逃げるように出ていったぜ」

「しまった」

「若親分、あの女に用かえ」

「おいねちゃんを殺した相手と会おうとなさっているんだ、小夜様は」

「なんだって。あんな恰好《かっこう》でおいねの仇《かたき》を討とうって話か」

「どちらに小夜様が向かわれたか教えてくれませんか」

「女侍が行った先かえ。それなら、分かるよな、唐の字」

「ああ、おれっちに金杉村の円光寺《えんこうじ》はどちらの方角だって訊いたもんな」

「間違いなくあの女侍、金杉村の円光寺に走ったぜ」

「助かった。礼を申しますぜ」

「おまえさん、ほんとうの金座裏の若親分か。そんな言葉遣いじゃあ、盗人が逃げ出すぜ」

と職人二人に頭を下げた政次は、金杉村目指して駆け出した。

金杉村の宝鏡山円光寺は禅宗京都妙心寺の末寺だ。

政次が山門に辿《たど》り着いたとき、上野のお山で打ち出す時鐘が九つ（午前零時）を告げた。

政次は山門を潜った。すると左手の生垣の向こうから赤子の泣き声が聞こえてきた。

（小太郎様だ）

政次は一息ついた。

「小夜、また侍姿に戻ったか」

「秋田数馬、許せぬ」

秋田数馬の声がした。

「なぜ小太郎を攫った」

「小太郎はおれの子だ。攫うも攫われえもない、父親の手に戻っただけだ」

「いや、小太郎はそなた如《ごと》き蛆虫《うじむし》の子ではない。父親は八重樫七郎太様じゃ」

「なにっ、七郎太だって。おれとおまえが道場の控え部屋で忍び合って出来た子だ。小夜、どうだ、一家三人で仲良く暮らさぬか」

「戯けたことを申すな。おいねの仇を討つ」

と小夜が宣告し、
ふっふっふ
という忍び笑いが政次の耳に届いた。

「小夜、剣術というのは道場稽古じゃないな。ありゃ、いくらやっても畳水練《すいれん》の域を出ぬぞ。修羅場を幾度潜り抜けたか、そいつが腕を磨くのだ」

「数馬、罪なき人を何人殺そうと剣術の技量が上がるわけではない」

「甘いぜ。女だてらに刀を振り回すよりどうだ、おれの腹の下でさ、昔のように鶯《うぐいす》の声を鳴かせぬか」

「汚らわしいぞ、秋田数馬。そなた、秋月領内で飢えに苦しむ百姓衆の頭分を殺して藩を逐電したそうな」

「おお、それも承知か」

「すべて承知だ」

「藩なんて冷たいぜ。おれと七郎太を唆して主謀人を殺させておいて、あとは知らぬ存ぜぬを押し通そうなんて許せねえ」

「すでに百姓相手に剣を抜いたときから、そなたは武士の魂を捨てた下郎だ」

「そんな下郎がいいって、この胸に縋《すが》りついたはどこのだれだ」

と薄笑いをした様子の数馬が、

「小夜、考え直せ。三人一緒に江戸を出るぜ」

「おいねの仇を討つ」

再び小夜が宣告した。

「斬り合うしか手はねえか。小夜、もう一度言う、おれは昔の秋田数馬じゃねえ、手《て》強《ごわ》いぜ」

「負けはせぬ」

小太郎の泣き声がした。

「小太郎、泣くでない。そなたは武士の子じゃぞ、八重樫七郎太様と小夜の子じゃぞ」

と小夜の声がして、小太郎が泣き止んだ。

政次が生垣を回り込んだとき、厚い雲の陰に隠れていた月が顔を覗かせ、戦いの場を浮かび上がらせた。

墓場に続く小さな明地《あきち》で小夜と数馬が対決していた。だが、刀を抜いているのは小夜だけで、秋田数馬の剣はまだ鞘の中だ。

政次は綿入れに包《くる》まれた小太郎が二人の対決の場から離れた墓石の前にあるのを認

めると、そっとそちらに回り込んだ。

　小太郎が目を開けて政次を見た。

「迎えに参りましたぜ、小太郎様」

　と声をかけると小太郎がにっこりと微笑《ほほえ》んだ。

「さすがにお侍のお子だ」

　政次の気配に秋田数馬が、

「小夜、仲間を連れてきたか」

　と叫び、小夜が、

「若親分」

　とどこかほっと安堵した様子の声を洩らした。

「秋田数馬、政次でございますよ。江戸町人おいね殺しは金座裏の縄張り内、許しておくわけにはいかないんですよ」

「邪魔立てすると小夜と一緒に叩き斬るぜ」

　政次の傍らに忍んで来た者がいた。

　亮吉だ。

「若親分、小太郎様をおれに貸してくんな」

「頼んだぜ、亮吉」

　小太郎を亮吉に渡した政次が前帯に挟んだ銀のなえしを抜きながら、

「秋田数馬、私は赤坂田《た》町《まち》直心影《じきしんかげ》流神谷《かみや》丈右衛門《じょうえもん》道場で永塚小夜様の兄弟子にございましてな、弟弟子の小夜様の助勢を致しますぜ」

「てめえら、最初からぐるか」

「秋田数馬、おまえ様はこの世に生きていちゃあならねえ人間だ。覚悟しなせえよ」

　と構えた。

「二人して地獄へ送って遣わす」

　数馬が赤鞘から二尺五寸余の長剣を抜いて左右から迫る小夜と政次を半身の構えで睨んだ。さすがに修羅場を潜ってきたと豪語するだけになかなか堂々としたものだ。

「小夜様、おいねの仇しっかりとお討ち下さいまし」

「政次どの、忝《かたじけな》い」

　小夜の言葉が終わったか終わらぬ内に数馬が動いた。

　一瞬にして政次との間合いを詰めて、小夜に突き出していた剣を政次の喉首に伸ばした。さすがに修羅を潜ってきたと自慢するだけに電撃の剣捌きだった。

　刃が光になって政次の喉元に迫った。

そのとき、数馬が驚くべき行動を政次が取った。

刃から逃れることなく数馬の剣に向かって自ら突っ込むように踏み込み、銀のなえしで迫りくる鎬《しのぎ》を叩いたのだ。

きーん

と音が響いて二尺五寸余の刃が流れた。

数馬は小夜のほうへと逃れて政次から間合いをとった。

その瞬間を小夜が見逃すわけもなく突っ込んできた。

「秋田数馬、おいねの仇、思い知れ！」

身を捨てて突っ込んできた小夜の小太刀の切っ先が数馬の脇腹に刺さり込んだ。

うっ

と苦悶の声を洩らした数馬は、それでも政次に叩かれた剣を引き付け、小夜の首筋を撫《な》で斬ろうとした。

政次が銀のなえしを数馬の剣に投げたのはそのときだ。

銀のなえしの柄頭《つかがしら》の銀鐶《ぎんかん》には平組の紐《ひも》が付けられ、その端が左手首にかかっていた。

虚空を飛んだ一尺七寸余のなえしが刀に絡み付き、政次が平組の紐を引いた。そのせいで刀の動きが停止した。

小夜が脇腹に突き立てた小太刀を抜くとよろめく数馬の首筋に、
さあっ
と止《とど》めを振るった。
ぐらり
と数馬の体が揺れて、政次が紐を引いた。すると剣に絡んでいた銀のなえしが解けて虚空に高々と舞い、数馬の体が、
どさり
と雪の明地に崩れ落ちた。そして、虚空を飛ぶなえしが、
ぴたり
と政次の手に戻ってきた。
「小夜様、女の本懐を見事果たされましたな」
「政次若親分の助勢があったればこそ」
亮吉が小太郎を小夜に差し出し、
「ちょいと草臥《くたび》れておいでのようだが、至ってお元気ですぜ」
と告げた。
「有り難い、これでまた金座裏に借りができ申した」

「小夜様、借りなんぞはどうでもいいが、おれはさ、小夜様の侍姿より女の恰好がいいな」

と亮吉が笑った。

第四話　銀蔵の弔い

一

正月七日の朝稽古《けいこ》の後、政次《せいじ》は筑前《ちくぜん》福岡藩黒田家家臣添田泰之進《そえだたいのしん》と帰り道が一緒になった。というより添田が政次を待っていた様子で門前に立っていた。

「若親分、造作をかけたな」

「あれが金座裏《きんざうら》の御用にございます、なんのことがございましょう」

江戸町人のおいねを刺殺した元筑前秋月藩士秋田数馬《あきたかずま》の始末は、金座裏の宗五郎《そうごろう》が秋月藩の本藩福岡藩の江戸留守居役鷲巣義左衛門《わしずぎざえもん》と昵懇《じっこん》の間柄ということもあり、この二人が連携して寺社方、町方、さらには幕府に働きかけて内々に事を済ませることでほぼ決着をみようとしていた。

だが、四年前、秋月藩が飢饉《ききん》に際し、強訴《ごうそ》を企てた百姓衆の主謀人を秋田数馬、八重樫七郎太《やえがししちろうた》の二人に意を含ませて暗殺した代償は大きかった。

秋月藩が恐れた沙汰《さた》は幕府から与えられた朱印状を召し上げられ、独立支藩としての地位を失うことだった。それは福岡本藩への所領合併を意味したが、それもなんとか避けることができた。

秋月藩としては普請が遅れている聖堂改築だけでも大変な経済的負担だった。その上、幕府のその筋にそれなりのものを贈って独立支藩の地位を保つことに成功した。

その背景には金座裏の宗五郎の、

「秋田数馬らはすでに秋月藩を離れた人間、脱藩して以後の行動は個人の責めに帰せられるべきでございましょう」

という強い主張があった。上様お許しの金流しの十手の威光は、幕閣もないがしろにはできなかった。

そこで浪人秋田数馬と八重樫七郎太が時と場所を超えて江戸で引き起こした殺人事件は、下手人死亡を以《もっ》て不問に付されることになった。

「そうは申すが秋月藩五万石召し上げも幕閣で論議されたというぞ。それもこれも金座裏が早く動いて根回しをしておいてくれたお陰で落ち着くところに落ち着いた」

「福岡藩は秋月所領五万石を取り戻す絶好の機会でしたな」

「若親分、そう申すな。分与された元和《げんな》の時代と異なり、本藩支藩それぞれが手を携えて長崎警備を務めておる時代でな」

「私の考え過ぎでしたか」

「いや、藩の重臣の一部には政次若親分が推測したとおり、この際だ、秋月領の本藩戻しを幕府に掛け合えと主張される方々もおられたのは事実だ。じゃが、秋月の苦衷《くちゅう》に乗じて本藩が五万石を合併したではまるで火事場泥棒、正月早々寝覚めが悪かろう」

と添田が苦笑いした。

「中老職秋田、八重樫両家は家門断絶こそ免れたが、家禄半減の厳しい沙汰が内々に下ると聞いておる。藩政の中核からはさらに遠のくが致し方あるまい」

「早い処断にございますな」

「なにしろ将軍家お膝元《ひざもと》の江戸で秋田数馬も八重樫七郎太も騒ぎを起こしておるからな。それに数馬の浪々中の路銀を秋田家が援助していたことも確か、数馬とは縁を切ったと主張してもそれではのう、致し方あるまい」

と言い切った添田泰之進が、

「この騒ぎで福岡本藩も秋月藩も正月どころではなかったが、ようやく焦眉《しょうび》の急を脱した。それもこれも若親分、金座裏が動いたればこそだ。わが藩の重臣方も金流しの十手の威力を改めて思い知らされたと感心しきりであった」

と政次に笑いかけ、

「政次さんや、その十代目を継ぐのだ。ずしりと金流しの重みが圧し掛《の》かるな」

「添田様、私は呉服屋の手代《てだい》から金座裏に養子に入った人間です。あまり考え過ぎても身動きがつきますまい。私は自分の器に合わせての努力と才覚で金座裏に馴染《なじ》もうと思います」

「一升枡《ます》に二升の米は入らぬ道理だ、それがよい。そなたなら立派な十代目の看板を新たに上げることができる」

添田の言葉を緊張して聞いた政次が、

「今度ばかりは、神谷丈右衛門《かみやじょうえもん》先生の門弟でよかったと感謝しております。添田様が迅速に動いて頂いたお陰で永塚小太郎《ながつかこたろう》様を無事取り戻すことが出来たのですからな」

「それはそれがしの言葉よ。政次若親分と同門でよかったとつくづく思うておるところだ。今後とも昵懇の付き合いを願う」

「こちらこそ宜《よろ》しくお引き回し下さい」

頷《うなず》いた添田が、

「永塚小夜《さよ》どのは未《いま》だ道場に稽古に見えられぬが、騒ぎのせいで加減でも悪いかのう」

と小夜の身を案じた。

「小太郎様の身ならばご安心下さい。あの騒ぎの後、医師のところに運び込み、丁寧に診察をしてもらいましたが、何日も湯浴《ゆあ》みをしてないせいで体こそ汚れておりましたが、他は至って元気にございました。母親の手に戻ったせいで安心したか、二日ばかりぐっすりと寝ておられたとか。もっとも小太郎様の母親の小夜様が立ち直られるにはしばし時間がかかりましょうな」

「秋田数馬との対決が響いたかな」

「怪我《けが》を負われたわけではございません。ですが、小太郎様の父親と勝負して斃《たお》したのですから自らも精神的な打撃をお受けになった。これにはしばしの時が要りましょう」

小夜は一時とはいえ秋田数馬を愛したのだ。その男の命を自らの手で絶った打撃はいくら女剣者永塚小夜といえども身に堪《こた》えていた。

「いかにもさようであったな」

と添田が得心した。

「最後にそなただけには伝えておく。近々秋月藩の黒田長舒《ながのぶ》様がわが斉隆《なりたか》様にお目にかかり詫《わ》びをなさるそうな」

「本藩支藩の間柄にございますれば仲良く付き合われるのがなによりと存じます」

これで騒ぎは表向きには一件落着したことになる。

政次が金座裏に戻ったとき、四つ（午前十時）の頃合であった。いつもより刻限が遅いのは添田泰之進と話しながら歩いてきたからだ。すでに家の内外は掃き清められて日陰に残っていた雪もほぼ姿を消していた。

「遅いな、若親分」

と玄関で待っていた亮吉《りようきち》が文句を言った。

「すまぬ。もう皆さん、顔を揃《そろ》えられたか」

「小夜様もよ、小太郎様を抱いてお見えになっておられるぜ」

「そうか、親子で見えられたか」

金座裏では此度《こたび》の騒ぎで落ち着いて屠蘇《とそ》を味わうことが出来なかった。そこでおみつの発案で七草の日に金座裏の奉公人一統を集め、ついでに小太郎誘拐騒ぎで世話になった青正《あおしよう》の隠居義平《ぎへい》などを呼んで、遅ればせの正月を祝おうということが決まった。

政次が居間に行くとすでに青正の義平、松坂屋《まつざかや》の松六《しようろく》、豊島屋《としまや》の清蔵《せいぞう》が顔を揃え、寺坂《てらさか》毅一郎《きいちろう》、政次の父親の勘次郎《かんじろう》の姿まであって談笑していた。そして小太郎が小夜の膝に抱かれてご機嫌な様子を見せていた。

政次は父親に目顔で挨拶《あいさつ》すると、

「皆様、遅くなって申し訳ございませんでした。改めまして新年のご挨拶を申し上げます」

と廊下に座して挨拶した。

「若親分、なんぞ赤坂田町《たまち》であったか」

と兄弟子の寺坂が聞いた。

「寺坂様、道場ではございませんが、門前に添田泰之進様がお待ちで、話しながら堀端を下って参りましたので遅くなりました」

「今度の一件、秋月藩にとって本藩黒田家があってよかった。なんとか命運は保てたのだからな」

「近々秋月藩主の長舒様が福岡本藩の斉隆様にお目にかかって詫びをなされるそうです」

「これで落着じゃな、金座裏」

と寺坂が宗五郎に念を押した。

「まず以《もっ》て事が収まりましたがな、おいねの命が消えた事実はそう簡単に忘れることはできませんや」

「いかにもさよう」

と寺坂が応じると、

「ご一統様に申し上げます」

と小夜が傍《かたわ》らに小太郎を下ろして座り直した。

「此度、私ども母子のことで金座裏の親分さん、若親分さん、お手先衆に大変な迷惑を掛けました。この騒ぎに関して皆様が昼夜を分かたず動かれたご親切を永塚小夜、生涯忘れることはございません。この通りにございます」

と小夜が額を畳につけて詫びた。

「小夜様、お頭を上げなせえ。小夜様も小太郎様も金座裏の親戚筋同然と思うてわっしらは付き合うてきた。親戚の間に丁寧なご挨拶は無用ですよ。なにより小夜様と小太郎様は此度の騒ぎで迷惑を掛けられたんですからな」

と宗五郎が言い、

「親分のいうとおりだ、小夜様。一番心労し迷惑を掛けられたのは小夜様だからね」

と青正の義平が宗五郎の言葉を補った。

「ご隠居様、そうではございませぬ。すべて此度の一連の騒ぎの発端は仙台城下から発しております。小夜が」

「おっと、小夜様、ここにおられる方々は小夜様の選ばれた道をちゃんと分かっている面々だ。重ねて詫びられる要もございませんよ」

と宗五郎があっさり小夜の言葉をかわした。

「親分の有り難いお心遣い、小夜生涯忘れませぬ」

「おや、本日の小夜様は生涯忘れないことばかりのようだ」

「親分、おいねの家族が昨日道場を訪れまして礼を申していきました。このとおりにございます」

と小夜がまた頭を下げた。

「おや、金座裏、なんぞわれらに内緒で動いたか」

と寺坂毅一郎が小夜の重ねての詫びの真意を問うた。

「なあに此度の騒ぎは政次と手先が片をつけてくれたんでね。年寄りは裏に回ってあれこれと火を点《つ》けたり消したりと余計なことを仕出かしただけですよ」

「寺社方、町奉行所と早めに動いて秋月藩の命運を裏で支えたばかりではなさそうだ。親分が申すとおり、われら、気がおけない親戚みたいなものだ。話さぬか」

「秋月藩の江戸家老宮崎譲《みやざきゆずる》様に八重樫七郎太に殺された四ツ目屋の隠居の霊前にお線香を手向《たむ》けて下せえとお願いしただけでさ」

「いえ、それだけではございません。おいねの家族に弔慰金を出すように親分が掛け合って下されたのです」

と小夜が付け足した。

「さすがに宗五郎さんだ、やることが手早いね」

と清蔵が感心した。

「豊島屋の旦那、褒めたってなんにも出ないよ。秋月藩が独立支藩の地位を奪われて福岡藩に組み入れられると藩主以下、大勢の家臣団が路頭に迷うことも考えられまさあ。裏長屋で暮らす一家に弔慰金くらい安いもんでございましょう。もっとも、いくら小判を積まれてもおいねの命は戻っちゃあこないがね」

宗五郎が言ったところに隣の襖《ふすま》ががらりと左右に引かれた。すると大広間に七日遅れの御節《おせち》料理の膳がずらりと並んで、下座に八百亀《やおかめ》以下手先、下っ引きの髪結いの新三《しんざ》、旦那の源太《げんた》に小僧、さらには彦四郎《ひこしろう》に女衆も勢揃いしてすでに座していた。

政次としほは、政次の両親の勘次郎といせを挟むように座らされた。日頃話す機会が少ない親子のことを考え、おみつがそう命じたのだ。

「政次、元気のようだね」

　といせが言い、頷く政次に、

「しほさん、うちのを宜しく頼みますよ」

　と願った。

「おっ母さん、もう七つ八つの子供じゃないんだから、しほちゃんに頼まなくても大丈夫だよ」

「だけど、政次、長屋育ちがこれほどの大所帯をちゃんと継ぐことが出来るかねえ」

と飾り職人の女房のいせが案じた。

「おっ母さん、政次さんならば大丈夫です。きっと立派な親分になれます、なれるように私たち頑張ります」

「しほさんがそう言ってくれると安心だけどさ、また長屋に戻ると不安になってくるんだよ」

「いせ、もはや政次はうちの倅《せがれ》じゃねえ、もう金座裏の人間だ。政次がこの先、金座裏の看板をどうしようと、おれたちは政次を信じてじいっと見詰めているしかできねえ」

　と勘次郎が言い切った。

政次がその勘次郎の杯に燗徳利《かんどつくり》を差し出した。

「いせおばさんよ、そんな心配は取り越し苦労というものだぜ。むじな長屋の兄弟分、亮吉が後ろからしっかりと支えていらあ。ご案じ召さるな」

「亮吉さんにそう言われるといよいよ心配になってきたよ」

といせが真顔で答え、一座に笑いが巻き起こった。

「いせおばさん、それほどおれが信用ならないか」

「ならないならない」

「全くならない」

と若い手先たちが声を揃えた。

急に座が賑《にぎ》わってきた。

「私はね、つくづく考えるんですよ」

と言い出したのは清蔵だ。

「おなじ長屋で政次、亮吉、彦四郎の三人が別々の親から生まれてさ、兄弟のちんころ犬同然にどろに塗《まみ》れてこのように大きく育った。それが一旦それぞれ違った道を選んだがさ、政次さんが松坂屋さんから金座裏に養子に入り、亮吉は金座裏の手先になり、彦四郎は直《す》ぐ近くの船宿の船頭にいてさ、なにかがあれば金座裏を助けてくれる、同じ道を歩んでいるように思える。私はこんな仲がいい三人を知らないよ」

「確かに仲がいいのは天下一かもしれないね」

「親分、私はさ、常々三人の絆《きずな》を取り持っているのは政次さんと思っていたがね、近頃、ふうっと、政次と彦四郎の二人にそれぞれ片手を差し伸べて繋《つな》いでいるのは亮吉じゃないかと思うようになったんですよ。親分、この考えは間違いかね」

「おやおや、驚くべき意見ですぜ」

と宗五郎が小首を傾《かし》げた。

「清蔵様、私もそう思います」

としほが口を挟み、亮吉が、

「ふむふむ」

と胸を張った。

「賢《かしこ》いのは政次さんかもしれません。情が厚いのは彦四郎さんかもしれません」

「独楽鼠《こまねずみ》の亮吉には取り得がねえからね」

とすでに真っ赤な顔をした旦那の源太が茶々を入れた。

「源太の兄さん、亮吉さんは己を殺して道化を演じておられます。それで三人の釣り合いを取っている気がします。やじろべえの真ん中に立つのは亮吉さんです」

としほがさらに言った。

「そうかねえ、やじろべえの真ん中ねえ」

源太が彦四郎、政次、亮吉と視線をめぐらして、

「しほさんよ、確かにやじろべえの真ん中は政次若親分であっても彦四郎さんであってもいけねえや」

「どうしてです」

と傍らから慈姑《くわい》を箸先《はしさき》に突き刺した小僧が訊いた。

「見てみな、なりが違わあ。やじろべえの片側に亮吉が行ってみな、もう一方は政次若親分にしろ彦四郎船頭にしろ、体の大きさが違う、やじろべえもなにもあったものか。どぶ鼠なんぞは虚空に高々と吹っ飛ばされるぜ。身も軽いが気持ちも軽いし尻も軽いからな」

また一座がどっと笑った。

「兄さん、だから大事なんです。亮吉さんが」

しほが珍しく頑強に言い張った。

「しほちゃん、私もそう思うよ」

と政次が言い出した。

「彦四郎と私をしっかりと繋ぐ絆が亮吉という考えに賛成ですよ。彦四郎も同じ考えじゃないかい」

「改めて考えたこともねえが、そう言われりゃそんな気もしてきた」

「なんだか、頼りねえな、彦四郎」

と当の亮吉が言う。

「金座裏から鎌倉河岸にかけて亮吉がいなきゃあ、どんなに寂しくなるかそれだけははっきりとしているぜ。おれたち、迷い猫の菊小僧《きくこぞう》と同じように亮吉がいてなんとなく明るい気分になったりさ、ささくれ立った心根が癒《いや》されたりしているのかもしれねえな」

と彦四郎が言い、

「おやおや、七日を正月にしたら独楽鼠の株が上がったよ」

とおみつが感心して、

「ならば亮吉大明神にお酌をさせてもらおうかね」

と燗徳利を差し出し、亮吉が、

「寛政十三年、金座裏は平穏無事か、多事多難か。おれの真価が問われるときだ」

と鷹揚《おうよう》に受けた。

二

宗五郎と政次の二人は手先の左官の広吉《こうきち》を提灯持《ちょうちんも》ちにして、ひたひた黙々と歩を進め、本郷三丁目と四丁目の境に差し掛かった。

「本郷も兼康《かねやす》までは江戸の内」

と川柳に詠まれた江戸府内と外れの境だ。

兼康とはこの近くに住む口中医師の兼康友悦のことで、乳香散という歯磨きを享保年間に売り出して有名だったことから地名同様に川柳にまで詠まれることになったのだ。

板橋宿の女男松《めおとのまつ》の銀蔵《ぎんぞう》の使いが金座裏に飛びこんできたのは七日正月の宴《うたげ》も終わり、おみつたちが膨大な汚れた器を始末し終えた刻限で、酒に酔った亮吉などすでに二階の手先たちの住む大部屋でぐっすりと寝込んでいた。

使いの主旨は、

「銀蔵が厠《かわや》で倒れ、医師の診断では今晩か明日が峠」

というものだった。

その知らせを受けた宗五郎は、直ぐに見舞いに駆け付ける決心を示した。

銀蔵は八代目宗五郎と兄弟分、当代の宗五郎は捕り物のいろはを銀蔵から教わっていたし、九代目を継いだばかりの頃は随分と助けられた仲だ。言わば宗五郎の、「師匠分」

でもあったのだ。

政次は宗五郎の決意を知ると直ぐに、

「親分、私も同道してはいけませぬか」

と願った。

「おめえとしほの祝言まで女男松には達者でいてほしかったが、どうやら使いの口上じゃあそれも叶《かな》うとも思えねえ。御用聞きの死に際を見ておくのも勉強だ、供をしな」

と宗五郎が許しを与え、その会話を聞いていた広吉が、

「親分、提灯持ちにおれが立つが、いいか」

と普段はもっさりしている広吉が仕度を始めた。

三人が金座裏を出たのが五つ半(午後九時)過ぎのことだ。

加賀様の広大な江戸屋敷の門前を通過するとき、四つ(午後十時)の時鐘を聞いた。

加賀屋敷の先に旗本二千二百石の森川家があって日本橋からちょうど一里、そこでこ

の界隈《かいわい》を里の人は勝手に森川宿と呼び、岩槻《いわつき》街道と中山道《なかせんどう》の分岐、追分《おいわけ》でもあった。

三人は左手の道を選び、黙々と歩いていく。

ふうっ
と宗五郎が息を吐いた。

「親分、仁左《じんざ》さんが跡継ぎにおられ、銀蔵親分もそれだけは安心にございましょう」

仁左は元々新橋で一家を構える佃八《でんぱち》親分の手先だった。だが、佃八が亡くなり十手を返上したことから仁左も手先を辞めて在所に戻ろうと板橋宿を通りかかった。そこで手先時代に世話になった銀蔵に挨拶をしに立ち寄り、

「おめえ、何年江戸の水に染まったえ、国に戻って水飲み百姓に戻れるかえ。手先の経験をおれんとこで生かさないか」

と説得され、板橋に居を落ち着けたのだ。

その後、嫁にいったが亭主が若死にして出戻っていた娘のはると惚《ほ》れ合い、所帯を持つことになった。この二人が夫婦になるについて古手の手先たちが、

「新参の仁左を親分と仰げるものか」

などとぐずったが金座裏の親分が乗り出して騒ぎを鎮め、二人の仲人を買って出た経緯があった。

「孫を腕に抱いた後、病にかかりなさった。畳の上で往生できるのは御用聞き冥利《みようり》に尽きようじゃないか」

「銀蔵親分はおいくつにございますか」

「先代より三つ下、親父が生きていれば七十六か。ということは女男松は七十三だな。年に不足はあるめえ」

話しながら鶏声《けいせい》が窪《くぼ》を抜けて、巣鴨辻《すがもつじ》の庚申《こうしん》塚に差し掛かった。もはや上板橋宿の入口まで半里だ。

「銀蔵親分が元気なころは徹夜の銀蔵と呼ばれてな、二日や三日の徹夜なんぞはお茶の子さいさい、板橋を忍んで通り過ぎようという悪党どもが、徹夜の銀蔵の縄張りはちり一つ落とさずにそっと抜けろなんて言い合うほどの凄腕《すごうで》の親分さんだったぜ」

宗五郎の回顧談には懐かしさがあった。

「政次、広吉、おれたちの商売は縄張り内を後生大事に守っていればいいというもんじゃねえ。悪人を追う八丁堀の旦那に従い、時に五街道の果てまで足を伸ばすこともあらあ。そんなとき、頼りになるのは土地土地の親分さんよ。どれほど顔馴染みが助けになるか、人付き合いは御用聞きの財産、宝だぜ」

「はい」

「へえ」

と若い二人は宗五郎の言葉を聞いた。

日本橋から板橋宿まで二里八丁、下板橋宿に三人が到着したのは九つ（午前零時）の刻限か。

女男松と相生杉《あいおいのすぎ》の二本が名物の乗蓮寺《じょうれんじ》門前で一家を張る銀蔵の家は、門前蕎麦《そば》を商《あきな》う店でもあった。そんな蕎麦屋の表戸が薄く通りに向かって開けられ、中から明かりが洩《も》れていた。

戸口の前で宗五郎は手拭《てぬぐ》いを懐から出すと肩にかかった夜露を落として敷居をまたいだ。

「金座裏の親分さん」

と直ぐに驚きの声が響いた。

続いて政次と提灯を吹き消した広吉も蕎麦屋の店に入った。するとそこでは炭火をがんがんと熾《おこ》した火鉢を手先や板橋宿の知り合い七、八人が囲んでいた。板橋宿で慕われた銀蔵倒れるの知らせに駆け付けた連中だろう。

「銀蔵親分の容態はどうだえ」

落ち着いた宗五郎の声が手先の米松《よねまつ》に訊いた。

「へえ」

と答える米松の口から次の言葉は出てこなかった。

「親分さん！」

奥から銀蔵の一人娘のはるが飛び出してきて、宗五郎にむしゃぶりついた。宗五郎は、はるの背を冷たい手で撫《な》でた。

「はる、どうだ、お父っつあんは」

「間に合いましたよ、親分さん。お父っつあんは生きているうちにもう一度金座裏に会いたいと繰り返しておりました。親分、会って下さいな、顔を見て下さいな」

頷いた宗五郎がはるの体を離して手を引かれるように奥へ通り、政次も続いた。

奥の座敷で銀蔵が鼾《いびき》を掻《か》きながら眠り込んでいた。痩《や》せて皺《しわ》くちゃな顔は真っ赤で鼾の間に荒い息を弱々しくついた。

枕元には女房のおかねと娘婿の仁左が控えていた。

「親分さん、遠いところを早速駆け付けて下さいまして有り難うございます」

という仁左の挨拶に会釈を返した宗五郎が、

「姐《ねえ》さん、お久しゅうございます」

とおかねに言葉をかけて銀蔵の枕元に座り、長年十手を握ってきた武骨な手を取っ

た。すると銀蔵が、
ふうっ
と大きな息を吐いて、両眼を薄く開けた。

「銀蔵兄い、おれだよ。金座裏の洟垂《はな た》れの宗五郎だよ。なぜもちっと早くおれを呼ばなかったよ」

と若い時分の言葉遣いで呼びかけた。すると銀蔵は何度が瞬《まばた》きした後、宗五郎を見た。

「銀蔵兄い、分かるな。おれが」

銀蔵が弱々しい瞬きを繰り返し、宗五郎が握った手を反対に握り返した。

「もう」

と乾いた唇から言葉が洩れた。

「なんだ、銀蔵兄い」

「おもいのこすことはねえ、十手を」

一語一語搾り出すように吐き出された。

「十手を仁左に譲るってか」

小さく頷いた銀蔵が微笑《ほほえ》むと再び眠りに就いた。

「驚いたよ、うちの人が金座裏の親分の声を聞いたら目を覚ましたよ」

とおかねが驚愕《きょうがく》の様子で宗五郎と銀蔵を交互に見た。

「おかみさん、おれたちゃあ、若い時分からの知り合いよ。金流しと銀蔵は、飛車角と呼ばれた仲だ。金座裏から駆け付けたんだ、義理にも目を覚まそうじゃないか」

と宗五郎もほっとした様子で答えたものだ。

「それにしてももう少し早く呼んでくれてりゃな」

「親分、松の内が明けたらお知らせしなきゃあと話していたところだ。七日正月の七草粥《がゆ》が美味《おい》しいと茶碗《ちゃわん》に軽く二杯食べてさ、厠に行きたいといいなさるのさ。親分は最後まで尿瓶《しびん》なんぞの世話になりたくないと、おれたちの手を借りて厠に行きなさった。昨日もそんな具合だったがさ、厠からうーんと唸《うな》る声がしたと思ったら、どさりと倒れる音がして慌てて飛び込んだんだ。尿瓶を使わせておけばこんなことにならなかったとお袋と何度も話したとこだ」

と仁左が銀蔵の倒れた様子を説明した。

「仁左、親分の言葉に従ってよかったんだ。厠に這《は》ってもいく気持ちが親分をここまで生き永らえさせたんだ、それが十手持ち、女男松の親分の矜持《きょうじ》だったんだよ」

銀蔵は宗五郎と会ったことで安心したか、穏やかな寝息を立てて眠りに就いていた

が、八つ（午前二時）を過ぎた刻限、

ぐあっ

と大きな鼾を一つ響かせたかと思うと痩せた体がさらに萎《しぼ》んで、

すうっ

と息を吐いた。

「おまえさん！」

「お父っつあん！」

と娘のはると女房のおかねが呼びかけた。そして、はるは体に縋《すが》って泣き崩れた。

二人の叫び声を聞いた手先たちが土間から飛んできて銀蔵の床《とこ》の周りを囲んだ。

「親分！」

「女男松の銀蔵さんよ」

宗五郎は銀蔵の喉首《のどくび》に指を押し当てた。弱々しく間を置いて打つ脈が静かに消えていった。そして、銀蔵の鼓動は蘇《よみがえ》ることはなかった。

宗五郎が指を離し、うっすらと開けられた銀蔵の瞼《まぶた》を優しく閉じた。

「姐さん、仁左、はるよ。親分は大往生をしなさったんだ。涙は似合うめえよ」

仁左が宗五郎の言葉に大きく頷いたが、はるの泣き声はさらに一段と大きくなった。

しばし呆然《ぼうぜん》として亭主の銀蔵の死を見ていたおかねが、

「はる、お父っつあんは金座裏の親分に会ってさ、心残りはないと言ってあの世に旅立ちなさったんだ。私たちも涙は忘れて黄泉《よみ》の旅路の仕度をしてあげようかね」

まだ温《ぬく》もりの残る体に抱きついて嗚咽《おえつ》するはるに言うと、神棚の三方《さんぼう》に置かれた十手を両手で押し頂き、

「仁左、来ねえ」

と宗五郎が仁左を呼び寄せた。その行動を手先たちが見守っている。

「こいつは銀蔵親分が長年捕り物に携えていなさった十手だ。本日ただ今からおめえのものだ、仁左親分」

と宗五郎が差し出し、仁左が押し頂いた。

「銀蔵親分の名を汚さぬよう勤めます」

「頼んだぜ」

女男松の一家は銀蔵から仁左へと代がわりした。

一方で銀蔵の体を女たちが清め、用意されていた死に装束に着替えさせる最中、
かんかんかん
と板橋宿に半鐘の音が響いた。

咄嗟に仁左が立ち上がろうとした。

「仁左さん、代わりに私がこちらのお手先衆と参ります」

と政次が直ぐに制して銀蔵の枕辺から廊下に下がった。

仁左が迷った風に頭を振った。

「仁左、おめえが出なきゃあならないときは政次が使いを出そう。兄弟分の倅が代わるんだ、だれに文句を言わせるものか。銀蔵親分も怒りはしめえ」

と宗五郎が仁左を引き止め、

「政次さん、恩に着る」

と潔く仁左も政次の気持ちを受けた。

政次が土間に下りると銀蔵の手先と広吉が御用提灯を手にすでに待機していた。

「銀蔵親分が亡くなられたばかりの板橋宿を焼くわけにはいかないよ。よし、押し出すぜ」

静かな政次の声音に威厳があった。

「合点でございます」

銀蔵一家の兄い分の米松が真っ先に表通りに飛び出していった。

中山道の一の宿場は板橋だ。

この板橋という場合、下板橋を指した。下板橋宿の中宿と上宿の間を石神井川《しゃくじい》が流れている。そして、流れは加賀前田家の下屋敷の裏手に回り込み、滝野川へと向かう。石神井川に架けられた板橋の北側の飯盛旅籠《めしもりはたご》から大きな炎が上がっていた。

「火付けだぞ!」

「飯盛宿に押し込みが入って火付けをしたぞ!」

という叫び声が逃げ惑う群衆の間から起こった。すでに下板橋から上宿に向かう橋は大勢の人々でごった返し、政次らが向こう側に渡るのも困難の状態だった。

「若親分、火事場の裏手に回り込もう」

と米松が機転を利かせて橋の手前を岸辺沿いに北側へと回り込み、政次らを別の橋から上宿へと案内しようとした。

半丁も板橋から下流に行ったところに丸太三本を束ねた橋が見えた。

土地の人が使う橋だろう。

炎がさらに大きくなったか、丸太橋をも浮かび上がらせた。土手には先日降った雪が残っている。

通りから絶叫のような悲鳴が上がった。

「中宿でも火が出たぞ!」

糞《くそ》っ

と吐き捨てた米松を先頭に一行は丸太橋を一列になって上側へと渡った。

政次は三番手で渡った。渡りながら炎が雪に照り返して水面を浮かび上がらせたのを見た。

岸辺に猪牙《ちょき》より一回り大きな舟が舫《もや》っており、雪を避けるためか茅《かや》屋根が張られて中からちろちろと明かりが見えた。

人が何人か乗っている様子だ。

政次が、

「米松さん」

と銀蔵一家の手先を呼んだ。

「どうしなさった、若親分」

振り向いた米松は訝《いぶか》しげな顔だ。

「丸太橋の下に舫われている屋根舟は宿場の舟ですか」

「えっ、橋下に舟が舫われてましたかえ」

政次は手先をその場に残し、米松と二人だけで丸太橋に戻った。そして、川面《かわも》を見ると、茅屋根と壁の隙間《すきま》から明かりが見えて人影がいる気配がした。

政次は艫先《へさき》が下流の滝野川へと向けられ、いつでも漕ぎ出せる仕度がなっていることを見てとった。

「いいえ、板橋宿じゃあ、見掛けねえ舟でさ」

政次が手先を手招きで呼び集め、舟の連中が逃げ出せないように手配りした。

「米松さん、付き合ってもらおう」

「へえ」

今一つ事情が飲み込めない様子の米松を従え、政次は舫われた茅葺《かやぶ》き屋根の早舟へ刻まれた土手道を一気に駆け下りた。

「頭、首尾はどうだ」

と茅葺きの屋根の下から声がかかり、

「上々吉だ」

という政次の声に黒手拭いで頬被《ほおかぶ》りをした男が艫《とも》に姿を見せた。

「てめえはなんだ」

「板橋宿は女男松の銀蔵親分の縄張り内だ。嘗《な》めくさっちゃいけませんぜ」

と政次が啖呵《たんか》を切ると、

「おい、手が回ったぞ」

と茅葺き屋根の下の仲間に声をかけた。だが、その声が終わるか終わらぬうちに政次が土手道から舟に飛びながら、前帯に差した銀のなえしを抜きざま、

がつん

と黒手拭いの相手の肩口を叩きのめしていた。

別の仲間が面を出したが、政次の一撃にその場に崩れ落ちた。

「なんだ、玄《げん》の字」

「米松さん、舳先に回ってくださいな」

平然とした政次の指図に米松が舟の舳先に土手から飛んだ。

政次は茅葺き屋根の下に銀のなえしを構えて潜り込んだ。

七輪の前に呆然と、ねじり鉢巻の男が座していた。酒を注《つ》ごうとしていたか、手に徳利を摑《つか》んでいる。

「お、おめえは」

「江戸は千代田の御城近く、金座裏で一家を構える宗五郎の倅の政次ですよ」

「な、なんだって金座裏から板橋宿までのしてくるんだ」

「兄い、運が悪いと諦《あきら》めな。それとも赤坂田町の神谷道場仕込みの銀のなえしを食らうかえ」

政次が伝法な言葉遣いで言った。

「おりゃ、船頭で雇われただけだ。勘弁してくんな。な、なにもしれえ」

と三人目が叫び、手にしていた徳利を投げ捨てた。

三

江戸は新堀河岸の裏長屋住まいの荷足《にた》り船の船頭松五郎《まつごろう》が政次の巧みな尋問に驚くべき事実を告白した。

板橋宿を騒がす賊は二手に分かれて潜入してきたという。

歩行《かち》組と水上組だ。

歩行組が飯盛旅籠に上がり、夜中に火付けをして宿じゅうを騒ぎに巻き込む。水上組が古町と呼ばれる中宿を仕切る本陣の飯田宇兵衛《いいだうへえ》方に侵入して蔵を破り、千両箱を運び出して石神井川沿いに逃走しようという企てだという。

頭分は水上、歩行の二組を仕切る洗馬《せば》の専太郎《せんたろう》という老練な野州無宿の渡世人で、この配下に三人の剣術家が加わっているという。

「火付け組は何人だ」

「一石《いっこく》の重造《しげぞう》兄いのほかは六人らしいぜ」

松五郎は一味の人間ではないだけにあっさりと口にした。

「専太郎の手下は三人の剣術家だけか」

「いや、赤鞘《あかざや》の蛸八《たこはち》兄いが親分の腹心で四人だ」

「総勢八人だな」

「そうだ、間違いねえ」

政次はすぐに手配りを決めた。

銀蔵の手先らに松五郎と気を失った一味の二人を銀蔵方に連れて行かせ、まずこのことを宗五郎に報告させることにした。そして、自らは銀蔵の手先で一人手元に残した米松、左官の広吉の二人の手先を引き連れて丸太橋を下板橋側へと戻り、本陣の飯田宇兵衛屋敷に乗り込むことにした。

享保八年（一七二三）の夏、江戸音羽町の茶屋がつぶれ、そこにいた女が板橋平尾宿に引っ越してきて飯盛旅籠を開き、繁盛した。だが、それに比べて古町は急に寂れていったという。

だが、板橋宿を構成する平尾宿、中宿、上宿三宿のうち、本陣があるのは古町の中宿、つまりは下板橋宿だ。

この中宿を差配する飯田家には加賀の金沢藩の百二万石を筆頭に三十家が代々投宿

し、今も板橋宿総体に隠然たる威厳と力を発揮していた。それだけに米松の言葉を借りれば、

「飯田様の蔵には千両箱の石垣」

があるそうな。

洗馬の専太郎はこの大金に目を付けたようだ。

「若親分、間に合うかねえ」

わあっ
と再び喚声が上がり、

「加賀屋敷から火消しが押し出してきたぞ！」

という声が風に乗ってきた。

「よし、火事は加賀様に任せた」

と腹を固めた政次の目の前に豪壮な長屋門と屋敷を取り巻く土塀が現れた。宿場が火事騒ぎというのに表門はぴったりと閉じられて、森閑としている。

異様だった。

米松が通用口に向かうのを引きとめた政次は、

「米松さん、塀を乗り越える場所はございませんか」

と囁《ささや》いた。しばらく考えた米松が政次らを南側に連れていった。飯田家は文殊院と敷地を接していた。

米松は二人を文殊院の境内に案内して、飯田家より一段高い文殊院の塀を乗り越えようと政次に提案した。

「塀の高さは一間《けん》ほどですが飯田様の庭にはまだ雪が残ってましょう」

「よし、行こう」

米松がまず土塀に攀《よ》じ登り、塀の上で飯田家の母屋を見ていたが、姿が消えた。

続いて政次が土塀の上に飛び上がり、姿勢を低くしながら飯田家の様子を窺《うかが》った。

敷地は二千坪を優に越えていよう。

藁葺《わらぶ》きの母屋はほぼ敷地の真ん中にあって、江戸の方角、南東へと向かって建てられていた。

政次は視線を宿場に巡らせた。

石神井川を挟んで二箇所から火の手が上がり、上宿側が先に火を放たれただけに一段と大きな炎が夜空を焦がして立ち昇っていた。

政次は広吉の手をとって土塀に引き上げると塀下に積み残った雪の上に飛び下りた。

「米松さん、母屋の裏口に案内して下さい」

政次の命に、へえっ、と畏《かしこ》まった米松が塀と植木の間の暗がりを利して走り出した。味噌蔵《みそぐら》や漬物蔵など外蔵の間を抜けて飯田家の勝手口に達した。すると犬小屋の前に口から血を吐いた飼い犬が斃れているのが雪明かりに見えた。

「やっぱり」

と米松が怯《おび》えたように言った。

「どうやら間に合いましたね」

政次が羽織を脱ぐと犬小屋の屋根に投げかけ、一尺七寸の銀のなえしの柄《つか》に巻いた平紐を解き、左手首にその端を結んだ。

広吉も米松も懐や帯の間から短十手を出すと構えた。

「米松さん、広吉、おまえさん方はあくまで私の後詰めだ。頼みましたよ」

と政次の声はあくまで平静だ。

左官の広吉が勝手口の板戸に手を掛けた。すると一味が潜入したときのままか、内部から閂《かんぬき》は下ろされてないらしく、

すいっ

と開かれた。

政次がするりと三和土《たたき》に入り込んだ。すると台所の板の間に飯田家の奉公人が後ろ

手に縛られ、口に猿轡《さるぐつわ》を噛《か》まされて転がされていた。

その数、男衆と女衆が混じって十三、四人に及んだ。

見張りが一人抜き身を下げて後ろ向きに立っていたが、板戸が開かれた様子に、きいっと振り見た。

政次が持つ八角のなえしは一尺七寸余、その昔、山科屋《やましなや》の先祖が京から江戸に上がるときに護身用に刀鍛冶《かじ》に鍛造させたものだ。鉤のない十手と思えばいい。重さも重い。それが虚空を飛んで、

がつん

と賊の一味の額を直撃した。すると抜き身を下げた手下の体が後方へ吹っ飛び、壁にぶつかって崩れ落ちた。

政次は左手で紐を引き戻すとなえしが、

ぴたり

と右手に戻ってきた。

飯田家の男衆が猿轡の口でなにか叫ぼうとしていた。

「よくお聞きなせえ。もう安心だ、今《いまし》、猿轡も縛めも解くが騒いじゃならねえ。いいね、この二人に従うんだ」

と言い聞かせると広吉と米松が台所にあった出刃包丁で次々に縛めを切り解いていった。そして、猿轡を自らとった女衆が泣き出そうとするのを宥《なだ》めた。

「奥にはだれがいなさる」

「宇兵衛様とおかみ様の二人です」

と男衆の一人が答えた。

「倅様一家は、宿場の陣屋におられます」

と説明を加えた。

「よし、米松さん、頼みがある」

政次はまず戸口から外へ十数人の奉公人を連れ出して、味噌蔵に避難させるよう米松に命じた。

政次の傍らに残ったのは左官の広吉だけだ。

「広吉、有明行灯《あんどん》を持ってくれ」

「へえ」

政次は広吉を従え、台所から奥へ向かった。一間《いっけん》廊下を進んでいくと奥座敷辺りに大勢の人の気配がして、高笑いが響いた。

「洗馬の専太郎親分、千両箱七つとは思いの他、少ないではないか」

「山前《やまさき》様、ご自慢の東軍一刀流の野太刀を使うことなく千両箱七つ、贅沢《ぜいたく》を言うもんじゃござんせんぜ」

　と専太郎のしわがれ声が鷹揚に応じた。

「さて、引き上げにございますが予《か》ねて手筈《てはず》どおり、飯田屋敷をすっかりと灰にして退却致します。十分に火の手が回るように蛸八、頼んだぜ」

「親分、その前に千両箱を運び出さにゃあなるまいぜ。この家の大八車に積み込むか」

　という別の声が応じた。

　足音を忍ばせた政次が奥座敷の敷居に立った。

　飯田家の内蔵は入口が床の間の違い棚がからくりになって隠されていたらしい。床の間に内蔵の鉄扉《てっぴ》が見えた。

　座敷の床の間の柱に飯田宇兵衛と女房の二人が縛られていた。

　猿轡を嵌《は》めさせられた宇兵衛が政次の姿を目に留めた。

　うっ
　と両眼を見開いた様子に専太郎が気付き、振り見た。

「てめえは」

「板橋宿を仕切る女男松の銀蔵親分の兄弟分筋、駆け出しにございますよ」

「兄弟分筋だと、馬鹿丁寧な挨拶だぜ。若いの、名を名乗りやがれ」

「へい。江戸は千代田の御城端、常盤《ときわ》橋の金座裏を守る金流しの宗五郎の倅、政次と申します」

政次の声はあくまで平静だ。

「金座裏の倅だと！」

驚愕の声が応じた。

「おまえさん方、私の手でお縄になって獄門台に素っ首を晒《さら》すか、それとも銀のなえしを食らってあの世に行くか、二つに一つの道を選びなせえ」

と政次がさらに非情な宣告をした。

「たった二人でこの専太郎を捕まえるってか、お笑い種《ぐさ》だね。お若いの」

洗馬の専太郎は政次らが二人だと見てとって余裕を取り戻した。

「田舎盗人なんぞは二人で十分ですよ」

政次がさらに答えた。

「山前光淳《みつあき》様、おまえさんの野太刀が役に立つときがきましたぜ」

「任せておけ」

派手な拵《こしら》えの野太刀をひっ摑んだ山前某が大仰《おおぎょう》な動作で反《そ》りの強い太刀を抜き放った。

行灯の明かりに刃渡り三尺一寸余はありそうな野太刀が鈍く光った。

山前自身、大兵《だいひょう》である。

身の丈六尺余だが、胸も腕も厚く、太かった。

仲間二人は山前に政次の相手を任せ、懐手《ふところで》のまま見物に回る気か。

政次が銀のなえしを右手に構えた。

山前が両手に野太刀を保持して、すうっと立てた。

二人の間合いは一間半ほどあった。

「若造、覚悟致せ」

と山前が宣告したとき、政次の手からなえしが飛んだ。なえしは立てられた野太刀に絡まるように操られていた。だが、山前が野太刀を引き付けたために無益にも空転した。

「愚かものめが！」

と虚空を飛ぶなえしの動きを見つつ、

「死ね！」

と踏み込んできた。

それが政次の狙《ねら》いだった。

政次の手になえしが戻り、廊下から一歩ほど踏み込み、敷居上に身をかがめるように立った。それでも髷《まげ》が鴨居《かもい》の下に付いている。

山前の巨体が政次の動きに惑わされて圧し掛かるように襲いかかり、野太刀が虚空から神速の勢いで振り下ろされた。

政次は野太刀を平然として避けようともしない。

がつん
と政次の頭上で野太刀が欄間《らんま》の斜め格子に食い込んだ。それは欄間を両断する勢いであったが、さすがに板橋宿の脇本陣を務めてきた飯田家の欄間下の六寸格の鴨居は斬《き》りきれなかった。

うっ
と動顛《どうてん》する山前の肩口に政次が振るう銀のなえしが、
がつん!

と食い込んで肩甲骨《けんこうこつ》を木《こ》っ端微塵《ぱみじん》に砕いて山前をその場に押し潰《つぶ》した。

「やりおったな」

と仲間の二人が懐手から慌てて刀の柄に手をかけようとするところを政次が躍り込み、次々になえしを振るうと額を叩き、鳩尾《みぞおち》を突き上げて座敷に悶絶《もんぜつ》させた。

一瞬の早業で、専太郎も身動きする暇もない。

「畜生！」

赤鞘の蛸八の匕首《あいくち》が閃いたが、すでに政次の手になえしが片手正眼に戻されていて、突っ込んでくる蛸八を引き付けるだけ引き付けると、
かーん
と額になえしをしなやかな動きで落とした。さらに政次の動きは止まらなかった。逃げ出そうとする専太郎の腰を叩き、残った二人の手下を打ち据えて一陣の旋風は吹き収まった。

ふうっ
と息を吐いたのは有明行灯を翳《かざ》したままの広吉だ。

表で足音が乱れて響き、飯田家にだれかが雪崩《なだ》れ込んできた。

「政次、どこだ！」

という宗五郎の叫ぶ声がして廊下に養父と仁左が立った。

「お騒がせ申しました、仁左さん」

政次のいつもの声音だった。

宗五郎が手に構えていた金流しの十手を背の後ろに差し戻し、

「年寄りにも出番が残っているかと思ったが、見せ場はなしかえ」

「親分、無理だ」

と左官の広吉が応じた。

「おりゃ、有明行灯をよ、手にしてぼうっと突っ立っていただけだ。若親分の動きの早いったらさ、まるで阿修羅《あしゅら》か鬼神だ、あっと叫ぶ暇もねえや。旋風が巻き起こりばたばたと勝手にこいつらが倒れていきやがった」

苦笑いした宗五郎が、

「仁左、お内儀さんの縄を解け、おれが飯田の大旦那の縄を解こうか」

と二人で飯田家の主《あるじ》夫婦の縛めを解き、猿轡を取ると、

「怖い目に遭いなさったねえ」

と顔見知りの飯田家の当主に声をかけた。

「き、金座裏の親分か、助かったよ」

と大きな息を吐いた宇兵衛が、

「この若衆は金座裏の跡継ぎですな」

「いかにもさようですよ、飯田の大旦那。政次って駆け出しにございますよ、宜しくお引き回し下せえ」

「金座裏、引き回すどころか命の恩人です。庭に金座裏政次大明神を勧請《かんじょう》して末代までの守り神としますよ」

ようやく安堵《あんど》した宇兵衛が、

「奉公人に怪我などございませんか」

と、そのことを案じた。

「大旦那、ご心配ございません。男衆、女衆、全員味噌蔵に避難させてございます」

「なにからなにまで若親分に助けられた」

「それもこれも銀蔵親分のお引き合わせにございます」

と答えた政次が、

「親分、まず洗馬の専太郎一味の大所はひっ捉《とら》まえましたがね、火付け組が残っております」

「火事のほうも加賀様の火消しが押し出して延焼を食い止め始めたところだ。まずこっちの始末をつけて火付け組の捕縛にとっかかろうか」

政次が銀のなえしで叩きのめした洗馬の専太郎ら八人を飯田家の納屋に押し込み、

怪我の治療に医師が呼ばれることになった。

諸々《もろもろ》の手配を終え、後を宗五郎に任せた政次は仁左を補佐して火付け組の捜索にかかった。


明け方前、板橋宿の二箇所から出た火はなんとか消し止められた。

政次は、石神井川の丸木橋の下に舫った茅葺きの荷足り船に一人陣取っていた。

火付け組の面々はどこへ消えたか、姿をくらましていた。

枝に降り積もった雪がどさりと土手に落ちて、流れへと転がり、
ぽちゃん
と水音を立てた。

忍びやかな足音がして、荷足り船に飛び込んで来た者がいた。

「親分、そっちの首尾はどうだ」

「一石の重造、上々ですよ」

「うーむ」

と訝しげな返答がして、茅戸が開かれた。

「おめえはだれだ」

「私のことはどうでもようございますよ。それより板橋宿を縄張りにしてなさる銀蔵親分の跡継ぎ、仁左親分の手配りを甘くみるからこのような仕儀に落ちるんですよ」

と政次が静かに言った。

「お、親分は」

「洗馬の専太郎のことですか。今頃飯田屋敷の味噌蔵で宿場役人のお調べを受けてますよ」

「つ、捕まったって」

「いかにもさようです。板橋宿の仁左親分を虚仮《こけ》にしてはいけません」

一石の重造が顔を引っ込め、

「逃げるぜ」

と仲間に声を掛けたが石神井川の両岸は御用提灯で取り囲まれていた。

「洗馬の専太郎一味、一石の重造、板橋宿の乗蓮寺門前に一家を構える仁左だ。神妙にお縄につきねえ！」

と誇らしげな仁左親分の初陣の声が響き渡った。

板橋宿の火付けで焼失した家屋は上宿で旅籠など五軒、中宿下板橋で飯盛旅籠が三軒だった。

正月に降り残った雪が延焼の広がりを緩やかにしたことと、加賀様の下屋敷から押し出した家臣団の火消し組が素早い破壊活動で炎を食い止めたことが大きかった。

また逃げるときに押し倒されて骨折したり捻挫《ねんざ》したりと怪我人は出たが、死人がなかったのが不幸中の幸いだった。

四

乗蓮寺の前で門前蕎麦の店を構える女男松の銀蔵親分の通夜は、騒ぎが鎮まった日の夕方から行われた。

当然、檀家寺は乗蓮寺だ。

寺から和尚の淳秦《じゅんしん》ら三人がきて通夜を執り行ってくれた。

その席にまだ余燼《よじん》を体から漂わせた参列者が大勢詰め掛けてくれた。それは偏《ひとえ》に銀蔵が長年にわたり板橋宿の治安を守るため、悪に立ち向かってきたことを宿場の人々が承知していたからだ。

また火付け、押し込み騒ぎを起こした洗馬の専太郎一味を娘婿の仁左らが捕縛した

という知らせが宿場じゅうに流れ、

「銀蔵親分が亡くなった夜に娘婿の仁左新親分が体を張って火付け、押し込みを捕まえたとよ、さすがに徹夜の銀蔵親分の目に狂いはないね」

「銀蔵親分に線香の一本も手向けなきゃあ、板橋宿で商いはできませんよ」

「いかにもさようです」

と普段あまり付き合いのない連中まで銀蔵との別れに押し掛けた。

さらに板橋宿を仕切る飯田宇兵衛、おひろの夫婦と倅夫婦、それに奉公人一同が揃って通夜に姿を見せたことで銀蔵の通夜は、後々までの語り草になるほどの賑やかな別れとなった。

そんな会葬者の列も絶えた頃合、北町定廻同心寺坂毅一郎が小者《こもの》を従えて、
ふらり
と姿を見せた。

板橋宿は江戸町奉行と代官の両支配場境界だ。大きな騒ぎの折には月番の奉行所の手が入る。

押し込み、火付けを起こした洗馬の専太郎一味の引き取りにくる同輩同心に従い、板橋宿まで足を伸ばしたのは毅一郎が銀蔵をよく承知していたからだ。

「寺坂の旦那、ご苦労にございます」

と目敏《めざと》く寺坂の姿を認めた宗五郎が言葉をかけ、

「銀蔵に別れをさせてくれ」

と神妙な様子で枕辺に座った毅一郎は長いこと合掌して、心の中でこれまでの銀蔵の功績を讃《たた》え、

（銀蔵、仁左って跡継ぎが出来てよかったな。安心して眠りに就きな）

と話しかけた。

瞑想を終えた毅一郎に仁左が、

「寺坂様、呉服橋からわざわざ親父の通夜にお出《い》で下さり、さぞ親父も喜んでおることでしょう」

と挨拶した。

「銀蔵親分が大往生した夜を狙っていたように洗馬の専太郎一味が火付け騒ぎを起こして飯田家に押し込もうなんてふてえ野郎だ。そいつをよくも食い止めた。仁左親分、お手柄だったな」

と褒めた。

「寺坂様、わっしはなにも働いちゃあいないんで。金座裏の宗五郎親分と政次若親分

がわっしらの代わりに宿場じゅうを駆け回って一味をとっ捕まえてくれたんでございますよ」

「仁左親分、よく聞きねえ。兄弟分という誼《よしみ》はな、こんなときに役に立つもんよ。金座裏の一統が働こうと板橋宿は女男松の縄張り内だ、銀蔵親分との長年の契《ちぎ》りがあるからこそ金流しの親分、若親分も名を捨てて動きなさるんだぜ。亡くなった銀蔵が金座裏を呼び寄せて、おまえの下で兄弟分に働かせたんだ。銀蔵が最後におめえに教えていった兄弟分の契りだ、感謝するなら先代にすることだ。なあ、金流しの親分さんよ」

と八丁堀の同心らしく巻舌で言いかけたものだ。

「旦那が申されるとおりだ。女男松の親分が金座裏を助けることもあれば、金座裏が板橋を助勢することもある。兄弟分の間に貸し借りなんてあるものか」

「寺坂様と宗五郎親分のお言葉、銀蔵、三途《さんず》の川を渡りながらしかと聞いておりましょう」

と仁左が応じ、おかねとはるが、

「寺坂様、銀蔵との今生《こんじょう》の別れ、一口飲んで下さいまし」

と酒を運んできた。

四つ過ぎ、江戸に戻る寺坂穀一郎一行は銀蔵の家を辞した。

翌朝、板橋宿には未だ余燼が漂い残っていたが、からりと晴れ渡った日が戻ってきた。

銀蔵の弔いは飯田宇兵衛の声がかりもあって銀蔵の家ではなく乗蓮寺の本堂を借り受けて行うことになった。通夜で何百人もの会葬者があったのだ、弔いはもっと多くの参列者があると予測されたからだ。

明け方、仁左、米松、政次らの若い者の手で柩《ひつぎ》は門前町の蕎麦屋を出て山門を潜り、乗蓮寺本堂に運ばれた。

政次たちが寺で段取りを終えて銀蔵の家の前に戻ってみると平尾宿のほうから、
えいほえいほ！

の声がして江戸からの通し駕籠《かご》が朝靄《あさもや》を蹴《け》散《ち》らしながら走ってきた。

「若親分！」

という声は独楽鼠の亮吉だ。傍らに波太郎《なみたろう》が従い、二人とも背に風呂敷包みを負っていた。

「姐さんの命でよ、しほさんが弔いに参られたぜ」

と亮吉の声が下板橋宿に響き渡り、簾《すだれ》が上げられてしほの顔が覗《のぞ》いた。

「梅吉《うめきち》さん、繁三《しげぞう》さん、ご苦労だったね」

と政次は兄弟駕籠屋を労《ねぎら》った。

「久しぶりだぜ、板橋宿に遠出をしたのはよ、若親分」

と言いながら、駕籠が政次らの前で止まった。

「若親分、昨夜遅くに寺坂様がお見えになって板橋宿の事情を話していかれたんだ。そいでよ、姐さんが親分や若親分に紋付羽織袴《はかま》を届けなきゃあと言い出されたんでよ、しほさんを姐さんの代参に立てて、おれっちがお喋《しゃべ》り駕籠屋の先導をしてきたってわけだ」

と事情を説明した。

「亮吉、波太郎、ご苦労だったな」

政次が手先に声をかけ、最後にしほを見た。

「通しで江戸から走ってきて大丈夫かい」

「おっ母さんが下腹にしっかりと晒しを巻いてくれたから、なんとか大丈夫よ。赤穂《あこう》まで早駕籠に乗られた方々は死にもの狂いね」

と駕籠から政次の介添えで出たしほは、繁三が揃えた草履を履いたが体が揺れた。

「しほさん、亮吉さん、ご苦労でしたな」

と仁左が頭を下げた。

「仁左兄い、銀蔵親分が亡くなられてさぞお力落としにございましょう。こうして金座裏から亮吉が参りましたからには仁左兄いは喪主の役に専念してくだせい。あとのことは亮吉が万事心得ておりますからな」

と小さな体の胸を張った。

「独楽鼠の兄い、仁左さんはもう兄いじゃねえ、銀蔵親分の跡目を継いで仁左親分だぜ」

と広吉が亮吉に教えた。

「そいつは失礼しやした、仁左親分」

と詫びた亮吉が、

「しほさん、銀蔵親分に最後のお別れを致しましょうか。この亮吉は銀蔵親分とご一家にはえらい迷惑をお掛け申した仲でございましてな」

と普段使わない言葉遣いで説明した。

亮吉は、政次がいずれ金座裏の十代目としておれたちの上に立つだろうと下駄貫《げたかん》兄いから告げられ、驚きのあまり金座裏の手下を辞めたことがあった。

その折、板橋宿に転がり込んで騒ぎに巻き込まれ、銀蔵親分の一家に世話になっていた。

「そんなこともございましたな」

と笑いながら応じた仁左に、

「若親分、仁左親分、世の中の付き合いで祝儀不祝儀というがね、祝儀で義理を欠くのはまだいいが不祝儀で手を抜いちゃならないんだよ。おれは金座裏から走ってきながら、銀蔵親分の冥福《めいふく》をずっと祈ってきたんだ」

「亮吉さん、有り難うよ。親分もさぞ喜んでおられることでしょうぜ」

仁左が礼を言った。

「どぶ鼠の口先は全く都合がいいな。駕籠の傍らで腹が減った、どこかで休んでいこう、庚申塚に美味《うま》い朝飯を食わせるところがあるだの言い続けてきたのはどこのだれだ」

ようやく息を鎮めた繁三が道中の亮吉の言動をばらした。

「繁三、それは空耳だ。一度医者に耳を診てもらったほうがいいぞ」

と亮吉が答え、

「ああ、小人と女は養い難しだ。お喋り駕籠屋の世迷言《よまいごと》に付き合う暇はこの亮吉にはございませんよ。わっしがまず銀蔵親分にお別れを」

と蕎麦屋の店の奥に入っていこうとした。

「亮吉兄さん、仏様は家にはおられませんぜ」

と左官の広吉が答え、

「なんだ、もう銀蔵親分を埋めちまったのか」

と亮吉が振り向きもせず言った。

「亮吉、すこしは落ち着け。銀蔵親分の弔いは乗蓮寺をお借りして行うことになったんだ。亡骸《なきがら》は本堂に安置してあるんだ」

政次の言葉に背に大風呂敷を負った亮吉がゆっくりと振り向いた。すると亮吉の瞼が潤んで、今にも涙が零《こぼ》れそうな顔付きに政次もしほも気付いた。

亮吉は銀蔵の死に衝撃を受けていた。それを隠すためにべらべらと喋っていたのだ。

「亮吉、まず背の荷を貫おう。その後、ゆっくりと親分とお別れしてこい」

領いた亮吉の両眼から、

「ぽろり」

と大粒の涙が零れて、

「おりゃ、迷惑かけたばっかりでよ、銀蔵親分が倒れなさったという知らせの時も七日正月の酒を酔い食らってよ、二階で寝込んでいたんだよ。真っ先に板橋に駆け付けなきゃあならないのは、この亮吉だったんだよ、若親分、仁左親分」

「すまなかったな、亮吉。あのときおまえも起こせばよかったな」

政次が亮吉の背の荷を受け取り、

「亮吉、涙を拭《ぬぐ》ってしほちゃんと波太郎の三人でお別れをしてこい」

と命じた。するとその言葉に頷いた亮吉の顔がさらに歪《ゆが》んで、
おんおん
と大声で泣き出した。

「亮吉さん、親分にお別れをしにいきましょう」

しほと波太郎が亮吉の手を引いて銀蔵の亡骸に会いに出ていった。

政次らが居間に戻ると宗五郎が茶を喫していたが、

「あのひと騒ぎは亮吉か」

「はい」

と答える政次に仁左が、

「亮吉さんがあれほどうちの親分のことを慕っていたなんて知りませんでした」

「あいつはおっちょこちょいだが、義理と人情には人一倍厚くてな。三年前、しほに

小雀《こすずめ》を預けて金座裏をおん出たはいいが、心の片隅にはだれか引きとめてくれまいかという気持ちを残していた筈だ。それがおれの兄弟分が縄張りの板橋宿に足を向けさせた理由だ、おれはそう見ている。亮吉は自分が金座裏に戻れたのも銀蔵親分と一家のお陰と考えてきたんだな。無理にでも叩き起こせばよかったな」
と宗五郎も政次と同じことを呟《つぶや》いた。

北町奉行所の定中役同心鈴木喜作《すずききさく》が銀蔵の家に挨拶にきたのは宗五郎と政次が紋付羽織袴に着替えた直後のことだ。

定中役同心とは、臨時の触当《ふれあて》によって出役する遊軍的な役職で、南北両奉行所に各二人いた。

鈴木喜作はまだ見習いが取れたばかりの若い同心で宗五郎の前で緊張していた。

「宗五郎親分、昨夜はお手柄にございました」

「鈴木様、わしらは女男松の手伝いをしただけでございますよ。手柄は銀蔵の跡目の仁左親分でね、鈴木様、今後も女男松の新親分と昵懇のお付き合いを願いますぜ」

と仁左に引き合わせた。こちらも紋付羽織袴を着込んだ仁左が、

「鈴木様、お役目ご苦労にございます」

「ただ今、本堂で親分とお別れをして参った。それがしも弔いに残りたいがお役目もある」

「そのお言葉だけで十分です、勿体《もったい》のうございます」

と仁左が受け、

「江戸送りの手配は済みなさいましたか」

と宗五郎が見習い同心に訊いた。

「宿場役人の力添えで洗馬の専太郎一味を石神井川から荒川に出て江戸まで水上で運ぶ手筈が整いました。船に乗せるまで傷を負った三人を戸板で運べばあとは船でいけます」

と答えた鈴木が、

「金座裏の親分、それにしても飯田家に押し込んだ一味の内、剣術家三人が見事な一撃で強打されておりますが、得物《えもの》は一体なんでございますな」

と訊いたものだ。

「ああ、あれでございますか」

と苦笑いした宗五郎が、

「政次、なえしを鈴木様にお見せしねえか」

と命じた。

政次が銀蔵家の神棚に置かれた銀のなえしを取り上げ、

「鈴木様、手加減はしたつもりですが、造作をかけまして申し訳ございません」

と差し出した。

「おお、これが評判の銀のなえしにございますか。山前と申す剣術家の肩甲骨が砕けておりましたゆえ、どんな得物かと思いました」

と得心したように言い、

「ついでと申してはなんだが、宗五郎親分、後学のために金流しの十手拝見出来ませぬか」

と若い同心はさらに願った。

「鈴木様、お安い御用だ」

宗五郎が背に差し込んでいた金流しの十手を抜いて見せた。

「どうれ、拝見致す」

鈴木が片手に一尺七寸余の銀のなえし、もう一方に金流しの十手一尺六寸を立てて、

「南北同心二百五十人を数えるといえども金座裏の名物の金流しの十手と銀のなえしを両手にした者はおるまい」

と自慢げに胸を張り、

「江戸名物の二つの得物が板橋宿にあったとは、なんとも洗馬の専太郎一味は不運なことよ」

と同心とも思えぬ言葉を吐いたものだ。

板橋宿で長年看板を張ってきた銀蔵の弔いは板橋じゅうの住人が参列したかと思うほど盛大に執り行われた。それは銀蔵の弔いであると同時に御用聞き、

「仁左親分」

の披露目の場でもあった。

板橋宿の飯田宇兵衛ら宿場の有力者と金座裏の宗五郎が後ろ盾とあってはだれにも文句のつけようもない。むろんその背景には仁徳を慕われた銀蔵の人柄があった。

弔いに続いてお斎《とき》の席にも多くの人が残って銀蔵の思い出を語り合った。

宗五郎は代がわりした板橋の女男松の一家に思いを重ねて、

「次はうちだな」

と感慨を新たにしていた。

そんな思いで政次としほを見ていると、二人は金座裏の十代目として仁左とはるを

守り立てる役に徹して立派に務めていた。

（来年辺りはおれの手に孫がいるか）

と内心考えていると飯田宇兵衛が、

「金座裏の親分、お願いがある。黙って聞いてはくれませんか」

と言い出した。

「なんですね、大旦那。まさかほんとうに金座裏政次大明神なんて祠《ほこら》を建てようという話じゃないでしょうな」

「建てたいがさ、ああ、二人が若くちゃ祠に祀《まつ》り上げるのは可哀《かわい》そうだ。その代わりにさ、お二人の祝言に私を招いてくれませんか。命の恩人の祝い事に顔出ししないとあっちゃあ、板橋の本陣を長らく務める飯田宇兵衛は恩知らずと宿場じゅうに蔑《さげす》まれますよ」

と嘆願した。

「大旦那、お安い御用だ」

「銀蔵さんの霊前の約束ですよ」

「江戸までご足労願うことになりますがな、宜しゅうございますな」

「この宇兵衛と婆さん、さらには奉公人の恩人の祝言です。仁左親分方と板橋宿から押し掛けます」

と宇兵衛が嬉《うれ》しそうに言い切った。

宗五郎ら一行が江戸に発《た》つ刻限が迫ったが、銀蔵との別れの斎はいつ果てるともなく続いていた。すると宗五郎の耳に、

（金座裏の、悪いな。年寄りの弔いにいつまでも引きとめて）

という銀蔵の声がふいに響き、宗五郎が、

（銀蔵親分、こんなことは滅多にあるこっちゃねえ、とことん付き合うぜ）

と心の中で呟いたものだ。

第五話　鱸落《すずきお》としの小兵衛

一

宗五郎《そうごろう》らは弔いを終え、斎《とき》の接待を受けた後、その日の内に板橋宿を出て金座裏《きんざうら》に戻った。だが、政次《せいじ》としほの二人は、仁左《じんざ》の家が落ち着きを取り戻すまで逗留《とうりゅう》しろとの宗五郎の命《めい》で銀蔵《ぎんぞう》のいなくなった板橋の家に残ることになった。

弔いが終わった女男松《めおとのまつ》の一家は、がらんとしてどこか寂しかった。

その寂しさに仁左とはるの子の春吉《はるきち》の無邪気な声が絡まった。まだ舌の回らない口先で、

「じぃじぃ」

と呼ぶ声におかねが、

「じぃじは遠いとこへ行っちまったよ」

と言い聞かせたがまだ幼い春吉は、

「じいじい」

と銀蔵の姿を目で探す様子を見せて、それがまたおかねやはるの涙を誘った。

門前蕎麦《そば》屋を営む家は、金座裏ほど大きなものではない。だが、敷地はそれなりに広く銀蔵とおかねの隠居所にと設けた小さな離れがあって、政次としほはそこへ泊まらされた。

宗五郎一行を見送った二人が床に就いたのは、夜半四つ半（十一時）前のことだった。二つ並んで敷かれた床に政次は気付かない振りをしたが、しほはどきっとした様子でなかなか床に身を横たえようとはしなかった。

「いよいよ仁左さんとはるさんの代が始まるのね」

「ああ、そういうことだ。銀蔵親分の貫禄には未《いま》だ遠しだろうさ、だが、仁左さんはすでにちゃんと一家を束ねておられる。心配ないよ」

「そうね。なによりはるさんは生まれついての御用聞きの娘ですもの、すべて飲み込んでおられるわ」

「二人の背後にはおっ母さんのおかねさんが控えておられるから心配なしだよ」

「そうね」

「どうした、しほちゃん。風邪《かぜ》を引くよ」

「ええ」

と答えたしほが恥ずかしそうに、

「政次さんと枕《まくら》を並べて寝るなんて初めてね」

「嫌かい。ならば私の寝床を廊下に出すよ」

「そんなことしないで」

と願ったしほはそっと自分の寝床に足先から入れ、身を横たえた。

政次は、しほの言葉に却《かえ》って緊張したようで黙り込んだ。

「これからずっとこうして政次さんと一つ部屋で寝ることになるのね」

「ああ」

「不思議だわ」

「ああ」

「なぜおかみさんは私たちの床を隠居所に敷いたのかしら」

「母屋にはそう座敷がないからね。それに……」

「……それにどうしたの」

「私たちが夫婦《めおと》になることを承知だからさ」

「夫婦なんて、まだなのにね」

「ああ、まだだよね。でももう直《す》ぐさ」

「まだよ」

有明行灯《あんどん》の灯心がじりじりと燃える音がした。

「もう寝ようか」

「そう寝ましょう」

しばしの沈黙の後、ごそごそと政次が夜具の下で六尺を越えた身を動かした。

「寝たの、政次さん」

返答はなかった。

「眠ったんだ」

「起きているよ」

「そう」

「しほちゃん、夫婦になるんだよね」

「嫌なの、政次さん」

「嫌なものか、長いこと夢見てきたんだ」

「私も」

政次の手がそっと夜具の下から出されてしほの手を捜すかのように虚空をさ迷った。

しほはその気配を感じて身を竦《すく》めた。だが政次の手が触れてくれるのを待っていた。

外では風が音を立てて吹いていた。

政次の手が迷った末にしほの夜具の下にそっと差し込まれ、しほの腕に触った。

ぴくり
と身を震わせるしほに政次が慌てて手を引き、

「ごめん」

と謝った。だが、引かれた手は、まだしほの夜具の下に残っていた。

「そんなこと」

「嫌かい」

しほから返事はなかった。

政次の手をしほの柔らかい手が触った。

二人の間に初めて経験する官能の震えが雷のように駆け抜けた。

「しほちゃん」

「政次さん」

政次の手がしほの手をしっかりと握り返すと強く引いた。ころりと夜具の下から寝巻き一枚のしほの体が転がり出て、政次の大きな腕の中にすっぽりと納まった。

「しほちゃん、好きだ」

しほの顔のそばに政次の顔があった。

しほが初めて見る政次の真剣な顔だった。

「私も好きです」

政次の両腕がしほのしなやかな体をぎゅっと抱き締めた。鼻腔《びこう》をしほの芳《かんば》しい匂《にお》いが満たした。

「いけないわ、政次さん」

「私たちは夫婦になるんだよ」

「そうよ、だけど」

「いつもこうしたいと思っていた」

「そんな」

「嫌かい」

「じゃないけど」

「いつも肌身にしほを感じていたいんだ」

「な、なぜ」

「安心するんだ」

と政次が答えた。

「安心?」

「ああ、しほの腕に抱かれていると思うと、いつも付き纏《まと》っている畏《おそ》れが消えるんだ」

「政次さん」

しほが上体を起こして政次を見た。

「政次さん、なにが不安なの。私と所帯を持つこと」

「違うよ。金座裏の大所帯を継ぐことに畏れがあるんだ」

「政次さんにそんな畏れがあるだなんて」

「あるよ。だから神谷《かみや》丈右衛門《じょうえもん》様の道場に通うのかもしれないんだ」

「政次さんなら立派に親分の跡目を、金流しの十代目を継ぐことができるわ」

「そうならなければ松坂屋《まつざかや》にも金座裏にも申し訳が立たない」

「そうね」

「助けてくれるね、しほ」

しほの顔が政次の顔の真上にあって硬い笑みが浮かんだ。

「私たちは夫婦よ」

「そうだ、夫婦だ」

しほの顔が政次に押し付けられた。

「しほ」

「政次さん」

二人は互いの体をまさぐりあった。未知への不安や畏れを忘れるために互いの体を触り合い、撫《な》で合って安息と平穏を感じ取った。

そんな夜が果てしなく続こうとしていた。

銀蔵の初七日を終えた政次としほが金座裏に戻ってきたとき、十四日年越の夕方だった。

江戸では六日年越に門松、松飾りなどをとり、十四日に鏡餅《かがみもち》を下げて正月が一先《ひとま》ず終わるのだ。

江戸の各お店《たな》では明日、明後日《あさって》と藪入《やぶい》りだ。

「お帰り」

とおみつが政次としほを玄関先に迎え、

「ご苦労だったね」

と言いながらしほの顔を見て内心、

（あら）

と思ったものだ。しほの顔に恥じらいが漂い、同時に自信めいたものも感じられた。

そして、

（そうか、板橋が気を利かせたようだよ）

と得心した。

その夕餉《ゆうげ》、金座裏では久しぶりに八百亀《やおかめ》、だんご屋の三喜松《みきまつ》、稲荷《いなり》の正太《しょうた》ら通いの手先に住み込みの常丸《つねまる》らが加わり、台所ではなく座敷に膳が並べられた。

「また正月がきたようだぜ」

と亮吉《りょうきち》が破顔した。

「新春からいろいろとあったからな、ゆっくりと正月も出来なかった」

と宗五郎がしみじみと言い、

「銀蔵親分の冥福《めいふく》を祈ってゆっくり酒でも飲もうか」

金座裏ではこの夜鏡餅を入れた雑煮《ぞうに》を食べ、酒を飲んで、寛政十三年（一八〇一）の正月を改めて祝った。

「板橋も寂しくなったたな」

と亮吉が酔いの回った顔で言った。

「それが代がわりというもんだ」

と姐《あね》さんのおみつが応じた。

「それはそうだけどよ、銀蔵親分を見送って徒然《とぜん》なくなっちまったよ。親分を亡くしたときはどんな気分になるか」

と亮吉が思わず洩《も》らし、隣に座っていた八百亀が、

ばちん

と亮吉の後頭部を叩《たた》いて、

「なに言いやがる、どぶ鼠《ねずみ》」

と怒鳴った。きょとんとした亮吉が、

「八百亀の兄さん、おれ、なんか言ったか」

「言ったかじゃねえぜ。おめえ、親分を死なす気か」

と正太に怒鳴られ、皆に指摘されて、

「ありゃ、えらいことを言ったもんだな。親分、本心じゃねえんだ、銀蔵親分のことで頭が一杯でさ、つい口先から洩れちゃったんだ」

「亮吉、おめえの言葉を一々気にしてちゃあ、いくら命があっても足りなかろうぜ」

と宗五郎が苦笑いし、

「皆、よく聞け。うちも何《い》れ《ず》は銀蔵親分の一家のような日が巡ってくる。こいつは世の中の理《ことわり》だ、哀しくも寂しくもねえ。そう遅くない日におれが逝き、政次の代になる、こいつは宿命《さだめ》だからな。そんとき、あたふた騒ぐようなこっちゃならねえ、覚悟だけは日頃から付けておくことだ、亮吉」

「へえっ」

と応じた亮吉の両の瞼《まぶた》に急に大きな涙が盛り上がり、わああ、と大きな泣き声を上げて、

「おりゃ、親分が死ぬなんて思ってもねえから口にしたんだよ。そんな気じゃねえんだよ」

と怒鳴るように言った。

「どぶ鼠め、あれこれ口を滑らしたり泣き喚《わめ》いたりとなんとも賑《にぎ》やかだぜ。親分、亮吉に覚悟だ、腹を括《くく》れだと言いなさっても無駄のようだぜ」

「八百亀、いかにもさようかもしれねえな」

と宗五郎と八百亀が言い合い、しほが亮吉にそっと手拭《てぬぐ》いを渡した。

翌朝、政次は久方ぶりに神谷道場の朝稽古《けいこ》に出た。

「おい、金座裏の若親分、本年の具足開きを欠席したが、それがしと立ち合うのを恐れたか」

と政次の下へ生月尚吾《おいづきしょうご》や青江《あおえ》司《つかさ》など若い門弟らが集まってきた。

「ちょいと板橋まで出ておりまして稽古を休みました。本年の具足開きはいかがにございましたか」

「先生の発案で去年とは違い、若手の門弟だけが東西に分かれて勝ち抜き戦をやったのだ」

「生月様の鼻息だと定めし活躍なされましたな」

「おう、と胸を張りたいところだが、新入りに最後は名をなさしめさせた。実に無念であった」

と尚吾が悔しそうな顔をした。

「新入りとはどなたのことで」

「若親分も知るまい。その昔、長州萩《はぎ》藩の家臣で俵兵庫《たわらひょうご》様という門弟がおられたそうな。二十数年も前の話だ、その嫡男左膳《さぜん》どのが具足開きの日に参られてな、先生のご指名で勝ち抜き試合に参加したと思え」

「左膳様にしてやられましたか」

「最後の最後に小手を巻き落とされてやられた。癖のある太刀捌《さば》きでな、若親分も手こずるぞ」

「お相手して頂けましょうか」

「鼻っ柱もえらく強い。その方《ほう》、町人のようじゃが身の程を知れ、てなことを言われそうじゃな」

と尚吾がうれしそうに言い、

「久しぶりに若親分と素直な稽古を致そうか」

と政次はいきなり尚吾と打ち込み稽古をした。

政次は次々に相手を代えて汗を搾り切った。

陸奥《むつ》磐城《いわき》藩安藤家の家臣永井《ながい》良次郎《りょうじろう》と稽古を終えて挨拶《あいさつ》する政次の前に、のっそり
と初めての人物が立った。

「その方が十手持ちの後継じゃな」

「はい、政次と申します。そなた様は」

「俵左膳常安《つねやす》である」

「新しく門人になられた毛利《もうり》様のご家臣でございますな、宜《よろ》しくお付き合いの程願います」

と政次が頭を下げると癇症《かんしょう》そうな顔がきいっと強張《こわば》り、

「この神谷道場とは父上の代からの付き合いである。遊び半分の棒振り稽古に来ておるものとは違う、さよう心得よ」

と言い放った。

「恐れ入りました」

左膳は二十五、六歳か。背丈は五尺七寸（約一七三センチメートル）ほどだが鍛えられた足腰と厚い胸板をしており、二の腕など普通の人間の太股《ふともも》ほどありそうな太さだ。

「その方の腕を見よう」

「お稽古を付けて頂けますので」

左膳が政次の前からさっと引くと間合いを取った。

致し方なく政次も竹刀《しない》を正眼《せいがん》に構えた。

神谷道場初めての組み合わせに稽古をしていた門弟が、

さあっ

と壁際に退いて見物に回った。
左膳は竹刀を左肩前に立てた逆八双《はっそう》をとった。
二人の間合いは一間《けん》を切っていた。
すうっ
と政次が間合いを詰めた。そのことを読んでいたように左膳が踏み込みつつ逆八双の竹刀を政次の面に振り下ろした。
政次が弾《はじ》いた。すると、
「待っていた」
とばかりに弾かれた竹刀が政次の小手に下りてきて巻き落とそうとした。だが、政次の竹刀遣いはしなやかにも小手にきた相手の竹刀を反対に巻き落とし、左膳の竹刀が流れるところ、
ばちり
と面上に竹刀を留めていた。
あっ
と左膳が叫び、思わずその場に片膝《ひざ》を突いた。
「失礼を致しました」

政次が竹刀を引いて目礼した。

「出会い頭じゃな、浅かった。今度は負かす」

と必死で平静を保った様子の左膳がさらに続行を望んだ。

「俵左膳、門弟同士は打ち込み稽古じゃぞ、真剣勝負ではない。考え違いを致すなよ」

と神谷丈右衛門の声がした。

「はっ、されど」

「されどなんだ。町人に一本取られて悔しいか」

「つい油断致しました」

「竹刀を構え合った後、油断したとは不覚悟である。まずその心がけを直せ」

丈右衛門の叱声《しっせい》に左膳の眦《まなじり》がきりきりと引き攣《つ》ったが、

「ご免」

の言葉をだれとはなしに残して道場から消えた。

二

金座裏にいつもの暮らしが戻ってきた。

この日、おみつはしほを連れて日本橋通二丁目にある呉服店松坂屋を訪ねた。間口二十間本瓦葺《ほんかわらぶ》き土蔵造り黒漆喰《しっくい》に仕上げた壁に春の光が穏やかに当たっていた。

京から新しい意匠の新柄が届いたという知らせに昼前の店先は女たちで賑わい、客一人ひとりに番頭手代《てだい》が応対していたが、それでも広い土間に待つ客がいて混雑をきたしていた。

「おや、金座裏のおかみさん、しほさん、お待ちしていましたよ」

と二人の姿に気付いたのは広い店全体に目を光らせる大番頭の親蔵《しんぞう》だ。早速帳場格子の中から声をかけてきた。

「大番頭さん、お遣いを頂戴《ちょうだい》したので参りました。うちの政次はまだ来ておりませんか」

とおみつが聞いたのは、道場の帰りに松坂屋に立ち寄る約束になっていたからだ。

「おや、若親分もおいでになりますか。まだでございますが追っ付け参られましょう。ささっ、中へお上がり下さいな」

政次は親蔵の下で手代として奉公していたのだ。そのことをとくと承知する親蔵だが、今は金座裏の後継者として遇していた。

しほは、座敷に通るために店玄関に回りながら一組の女客に注意を引かれた。

ご大家《たいけ》の隠居が嫁と孫を伴い、春物の見立てにきた風情で、ごった返す店先で何本もの反物《たんもの》を若い番頭に広げさせ、土間に立たせた孫娘の肩に反物を当てたりとあれこれと思案をしていた。

三人の傍《かたわ》らには太った女中が無遠慮にしゃがみこみ、足元には大きな風呂敷包みを置いていた。

しほは店頭での応対を見て、馴染《なじ》み客ではなさそうなと思いながら、ふと嫁の挙動に注意した。

嫁がいくつも広げさせた反物の下でまだ広げていない京友禅《ゆうぜん》をするりするりと二本ばかり滑らせた。すると鈍そうな顔付きの女中の目が光り、滑ってきた反物を器用に受け取ると、足元に置いた風呂敷包みの中へ流れるようにたくし込んだのだ。

若い番頭の勇造《ゆうぞう》は派手な身振りと口舌の上方訛《かみがたなま》りに注意を取られて嫁の動きを見落としていた。

(なんてことかしら)

と思いながらも、しほは店玄関から上客用の座敷に通った。すると帳場格子から親蔵が座敷に姿を見せた。

「しほさん、うちの隠居が見立てた加賀友禅です。まずお似合いでございますよ」

と待たせていた仕立て屋を座敷に呼んだ。

「大番頭さん、余計なことですが店のお客様のことで」

と言い出したしほに親蔵が、

「どなたかお知り合いがございましたか」

と聞き返した。

「いえ、上方訛りのご隠居様方は馴染みのお客様ですか」

「あの方々な、先日、ご隠居様一人でみえられてお孫様の晴れ着が欲しいと申されてな、あれこれ見ていかれたお方ですが馴染みではございません。それがなにか」

松坂屋では最上の得意先には、長年のお出入りを許された掛かり番頭がいて、京下りの新柄を担いで屋敷に伺った。店頭の商いより外商いが大きいほどだ。むろん一刻も早く新柄が見たいというので店を訪れる上客もいた。それらの馴染みは、おみつらのように店座敷に通された。

「私の見間違いならばお許し下さい」

とちらりと垣間《かいま》見た怪しげな振る舞いを告げた。

「呆《あき》れたねえ。あの隠居、万買《まんがい》の親玉かい」

と先におみつが呆れ、親蔵が、

「ちょいと失礼をば」

と座敷から店に戻った。

万買とは上方の言葉だ。江戸では万引と言い、お店者《たなもの》たちの間で通じる隠し言葉だ。

「金座裏のおかみさん、しほさん、お久しぶりにございます」

と新着の反物を抱えた仕立て師の慶次郎《けいじろう》が入ってきた。細面《ほそおもて》の慶次郎は松坂屋が抱える仕立て職人の一人で、松坂屋の上客の仕立てを担当していた。

「さすがにご隠居が選び抜かれた加賀にございますよ。鎌倉河岸の看板娘のしほさんにお似合いです」

と慶次郎が一本の反物を手に取ると両の掌に反物の両端を挟み、
すいっ
と反物を綺麗《きれい》に畳替えがされたばかりの新畳の上に転がした。

おみつが思わず、

「これはまた、いきなり桜の季節が訪れましたよ」

と嘆息したほど見事な
「白綸子《しろりんず》春爛漫《はるらんまん》里桜満開模様」

が目も艶《あで》やかに広がった。

小高い岡の上に樹齢百年を越えた桜木が立ち、左右に満開の花を咲かせていた。微風が吹いているのか、数片花びらが散っていた。

老桜の傍らには若木があって、万代の自然の営みと四季の移り変わりを表現していた。

「なんという景色かしら」

老桜のたおやかな花模様は、しほの目を釘付《くぎづ》けにして離さなかった。

「さすがにご隠居が加賀に命じられた図柄です、見事にございましょう」

と慶次郎が反物を手に、

「しほさん、ちょっとお立ち下さいませんか」

と願うと肩にふわりと当てた。

「一段と映えるねえ。いや、見事なお色直しになりましょうよ」

とおみつも感に堪えない風情だ。

本来、お色直しの衣装は嫁ぎ先の家風に染まるように嫁入り先の姑《しゅうとめ》が用意したとか。つまりはおみつだ。だが、政次の嫁のしほの花嫁衣裳《いしょう》一式は、

「私が誂《あつら》えますよ」

「松六《しょうろく》さん、うちからしほは嫁に出すんです。白無垢《しろむく》はうちで持たせてくださいな」

と清蔵《せいぞう》も張り合い、二人の大店の御大が贈ることで話が纏《まと》まった。なにしろ片方の豊島屋は幕府開闢《かいびゃく》以来鎌倉河岸で
「名物白酒」

を商い、上方からの下《くだ》り酒と田楽《でんがく》を売り物にする老舗《しにせ》中の老舗だ。もう一方の松坂屋もまた日本橋の角地に梲《うだつ》を上げる大店の呉服店だ。二人の古町《こまち》町人が後ろ盾とあってはさすがにおみつも、

「出る幕がない」

「おっ母さん、この友禅を着こなす力は到底私にはございません。職人衆の匠《たくみ》の業《わざ》に貫録負けです」

「しほ、若い折は着物の柄に負けるくらいでちょうどいいんですよ。それが馴染む頃には金座裏の立派な姐さんになるよ」

　とおみつが請け合ったとき、

「なんやて、番頭はん、わてらを万買やと言いなはるか。こりゃ、面白い。わてら、天下の松坂屋で万買に間違われましたか。番頭はん、わてら、大坂は上町で長年仏壇屋の看板を掲げてきました丹後屋《たんごや》佐七《さしち》の家族にございます。万買に名指しされたんでは上方に戻れません、面目丸潰《まるつぶ》れだす。わてから裸になりますさかいによう見ときい

や。その後で白黒つけさせて頂きます」

と上方訛りの叫び声が座敷まで響いてきた。

しほは、一瞬自分の目が見間違えたのではないかと案じた。

「ご隠居様、ここは店先にございます。恐れ入りますが奥へとお通り下さいませ」

とうろたえた勇造の声がした。

「いんや、わてはここですっぽんぽんにならして頂きます。大番頭も番頭も、目ん玉曝《さら》してよう見いや」

と隠居が答えたとき、

「おっと、お待ちなせえ、お女中さん。風呂敷包みを抱えてこそこそと表に出ていきなさいますな」

と政次の爽《さわ》やかな声が響いた。

「なんや、おまえさん、だれだす」

「私にございますか。ご隠居、数年前までこの松坂屋で手代を務めさせて頂いた政次と申しましてね、このお店とは馴染みにございます」

「それがなんで事情も分からんと顔出ししはるんや」

「ちょいと事情がございましてね、金座裏に養子に入った政次にございますよ」

「なんやねん、金座裏たらは」

「おやおや、婆《ばあ》さん、金座裏もご存じないのかい。花の江戸の日本橋の松坂屋で万引しようってのに迂闊《うかつ》じゃねえか。よく耳かっぽじって聞きな、金座裏の若親分政次さんは、今江戸で売り出しの御用聞きなんだよ」

騒ぎを聞きつけた通りがかりの職人が、声を張り上げて教えた。

「ひえっ！」

山出しの女中か孫娘か、悲鳴を上げた。

「ごちゃらごちゃらと江戸のもんは軽口叩くよ。おたね、おまえがいつまでもアホ面下げて店先に控えているからドジを踏んだよ」

と隠居が怒鳴る声が続いた。

「ご一統さん、近くの番屋までご足労願いましょうかね」

と政次の穏やかな声が騒ぎを制した。

「しほ、あれじゃあ、政次がこちらに顔出しするまで間がありそうだね」

おみつが言うところに奥から松六が現れて、

「なんですね、金座裏がお出《い》でになったらさ、店座敷じゃなくて奥に通ってもらう手筈《てはず》でしょうが。慶次郎、ささっ、引っ越しですよ」

松六はおみつやしほが来るのを心待ちにしていたようで二人にも、

「ささっ、おみつさん、しほさんや、奥で改めてやり直しですぞ」

と強引に二人を奥座敷に連れていった。

しほの花嫁衣裳一式に関して、清蔵と松六の二人が何度も話し合い、松坂屋の伊勢本店を通して京、加賀に注文されていたのだ。

九代を重ねた金流しの十手の家系が当代で途絶えようとしたのを防いだのは宗五郎と松六の話し合いだった。それが松坂屋の手代の政次を金座裏に奉公替えして御用聞き修業をさせようという荒技だった。

松坂屋では、手代の中でも優秀な政次を手放した。そんな荒技が出来たのには理由《わけ》があった。千代田の御城が築かれて以来、御堀端に角店を構えて幕府を支えてきた古町町人らの結束があったればこそだ。

それだけに政次としほの祝言を心待ちにしていた人々が金座裏の周りにいたということだ。

隠居松六がおみつとしほを連れていった奥座敷には松六の女房のおえいと嫁のおけいの松坂屋の女衆が待ち受けていた。

政次が再び松坂屋に戻ってきて奥座敷に姿を見せたとき、騒ぎからおよそ半刻（一時間）以上が過ぎて、新着の衣装合わせも一段落ついていた。

慶次郎がしほの寸法も取り終わり、反物は巻き戻されていた。

「政次、おまえもしほの花嫁衣裳を見るかい」

興奮に顔を紅潮させた体《てい》のおみつが聞いた。

「おっ養母さん方は十分に松六様方のご趣向を楽しまれたようですね。これ以上、慶次郎さんの手を煩《わずら》わしてもいけません。私は祝言の日を楽しみに待ちます」

と政次が笑い、

「しほちゃん、黙り込んでいるがどうした」

としほに聞いた。

「最前から皆さん方にこのようなお世話を受ける身分かとしみじみ考えておりました。幸せ過ぎて罰が当たりそうです」

「それを言うならこの私だって同じですよ。むじな長屋生まれの子が松坂屋の手代から金座裏に入り、金流しの親分の跡目を継ごうなんてだれが考えたか。しほちゃん、私たち、これからの長い歳月で皆さんに借りを返していくしかないね」

「それでいい、若親分」

と松六が言い切り、

「政次さん、しほさん、それもこれもおまえさんがた二人が引き寄せた運だ。大事にしてな、古町町人の金座裏を栄えさせておくれ。それが先にあの世にいく清蔵さんや私の望みですよ」

「ご隠居、ちとあの世行きの話しは早うございますよ」

おみつが笑い、おえいが、

「おみつさん、しほさん、もう刻限も刻限だ。うちで昼餉《ひるげ》を食べていって下さいな」

と願い、おえいらが仕度に掛かろうとした。

「それがいい」

と応じたとき、大番頭の親蔵が三本の反物を抱えて姿を見せた。

「大番頭さん、これ以上しほさんに色直しをさせたら、祝言は一日では終わりませんよ」

「いえ、ご隠居、そうではございません」

と親蔵が最前の騒ぎを告げた。

「おやそんなことがありましたか、ちっとも知りませんでした。上方からの万引ね」

「折よく政次若親分が顔を出されましたんで、直ぐにひっ捕らえてうちの手代ともども番屋にひっ立てましたので」

　と答えた親蔵が、

「あの者たち、素直に取り調べに応じましたかね」

　と政次に聞いた。

「番屋に連れていって平然としているのはあの婆様だけでしてね。嫁と孫、女中はがたがた震えていました」

　と政次がその模様を思い出したか、苦笑いした。

「若親分、その婆様方、万引が商売ですかね」

　と松六が訊いた。

「間違いございません、まず上方で鳴らした連中が手配を逃れて江戸に下ってきたものでしょう。どうやら仲間がいる様子です。常丸《つねまる》たちに探索方を命じましたので、そのうち仲間もお縄を頂戴することになりましょう」

「さすがに若親分、手配りが早うございますな」

　と松六が言い、

「昔はお店と客は信頼関係に結ばれてましてな、万引だ、万買だという話はとんと聞きませんでしたが、近頃世相が乱れたかね、うちの店でもしばしばございます」

と憮然《ぶぜん》と応じた。

「ご隠居、広げた反物の下であの婆様らが風呂敷包みにたくし込んだ品三本、盗まれていたらその額百三十七両二分にも及びました。高い品だけを選んで風呂敷に落とし込んでおりました」

「百三十七両ですと、呆れましたね」

「ご隠居、山出しの女中が抱えていた風呂敷包みですが、風呂敷の中には竹籠《たけかご》が入っておりまして、風呂敷の端を捲《まく》るとすいっと盗んだ品が吸い込まれていく仕掛けなんでございますよ」

「若親分、私も婆様一行が店に来たときから見ておりましたが、太った女中がえらく重そうに負っておるものですから、うっかりと大荷物に仕掛けがあるなんて考えもしませんでしたよ」

と親蔵がぼやくように言った。

「大番頭さん、感心するのは早うございますよ」

「それはまたなんでございますな、若親分」

「太った女中が汗を掻《か》いていたのを覚えておいでですか」

「はい、まだ寒の最中《さなか》にいかにも額に汗を掻いておりましたな。冷や汗ですかね」

「松坂屋で仕事をやってのける前に櫛《くし》問屋の堺屋《さかいや》、小間物屋の井筒屋《いづつや》、塗り物問屋の黒江屋《くろえや》などで一仕事しておりまして、その万引した品をあの太った女中が着物の下に隠し入れていたんですよ。奇妙な太り方なんで、番屋で綿入れを脱がせますと、綿入れの裏地にいろいろと袋がこさえてありまして、そこへ盗んだ品が隠してございました」

「それで奇妙に太い女中が出来上がっていたというわけですか」

「万引した櫛なんぞ、品をすべて番屋の床に並べてみましたが、三畳ほどの広さが盗んだ品で一杯になりました」

「ひえっ、なんとも大胆不敵なことですな」

と親蔵が驚きの声を上げた。

「今度ばかりは太った山出し女中には気をつけろと、若親分に一つ勉強させてもらいました」

と親蔵が言い、店に戻っていった。

政次はその後ろ姿を見ながら、あの婆様の平然としている様子が気になった。万引未遂とはいえ、松坂屋だけで百三十七両二分の品を盗もうとしたのだ。

俗に江戸の刑罰では、

「十両盗めば打ち首」

と知られていた。これは全く嘘《うそ》ではない。

『お定書百か条』の死罪の項に、

「金十両以上の品物で十両以上と見積もられるものを持ち逃げした奉公人」

は斬首《ざんしゅ》と定めがあった。

お婆一味は政次がざっと見積もっただけで三百両前後の品々を万引していた。それが平然としている。そこに訝《いぶか》しさを感じていた。

廊下に足音がして膳が運ばれてきた。

「しほ、偶《たま》にはよそ様の家で上げ膳もいいね」

とおみつの嬉《うれ》しそうな声が響いて、政次はそんな考えを追い払った。

三

政次はじいっと見られていることに気付いていた。神谷道場で打ち込み稽古をしている時のことだ。

だれか？

分かっていた。

政次の一挙一動を監視しているのは俵左膳だ。同門の弟子に見張られていることを意識しながらも政次は平静を保ち、いつもの稽古を心掛けようとしていた。

この朝、最後に生月尚吾と稽古をした。お互い手の内を知り尽くした者同士の稽古だ。激しい攻防になった。

もはや政次の脳裏には雑念はない。眼前の尚吾の攻めをいかに防ぎ、いかに反撃するかに集中した。

最後には連続した叩き合いの後、体と体をぶつけ合う攻防が続き、その離れ際互いが出した引き技の面と小手がほぼ同時に決まって二人は竹刀を引いた。

礼を交わす尚吾に笑みが浮かび、

「もう一歩で若親分を追い詰められたのだ、逃げられた」

と満足げに言った。

「今朝の攻撃は厳しゅうございましたな。体じゅうがあざだらけです」

「それを言うならおれのほうだ」

と答えた尚吾が政次に近付き、

「長州もんはあのようにしつこいものか」

と囁《ささや》いた。

苦笑いした政次だが、

「なんぞお考えがあってのことでしょうか」

「稽古で勝った負けたもなかろうが。それを根に持って稽古を休み、常に若親分の動きを監視しておるなど尋常ではないぞ。なにがあってもいかん、気を付けよ」

「江戸藩邸暮らしは初めてと聞いております、まだ江戸の水に馴染めないのでございましょう」

二人は笑みを浮かべて問答を交わしながら、

「目」

が消えたのを意識した。

二人が道場の出口に視線をやると俵左膳のがっちりとした右肩下がりの背が玄関へと消えるところだった。

結局、この朝も俵は道場に出てきたにもかかわらず稽古をすることなく高床に座して、ぎらぎらとした視線で政次の動きを見守っていた。

「おかしな奴だ。それしかいいようがないわ」

と呆れたような尚吾の言葉が政次の耳に響いた。

「先生に申し上げて注意をしてもらおうか」

「生月様、なにがあったわけではございません。しばらく俵様の気の済むようにしておきましょう」

「若親分がそういうなら致し方ないが、おれなら今頃癇癪《かんしゃく》を爆発させて文句の一つも付けておるところだぞ」

二人は神前に向かい、正座をして一礼した。

小太郎《こたろう》を誘拐しようとした秋田《あきた》数馬《かずま》との事件は落着を見ていたが、子守のおいねが殺されたこともあり、永塚《ながつか》小夜《さよ》の気持ちに暗い影を落としていた。そんなわけで小夜は未だ朝稽古に姿を見せなかった。

帰り道、日向延岡《ひゅうがのべおか》藩内藤家五万石の藩士結城《ゆうき》市呂《いちろ》平《べい》と帰り道が一緒になった。政次とはほぼ同じ年頃で政次が神谷道場に住み込みをした時代からの仲間だ。

次男坊ながら見習い小姓衆として藩主内藤政韶《まさつぐ》公の御側《おそば》近く奉公するようになり、このところなかなか稽古に顔出しが出来なかった。だが、結城はどんなに短い時間でも時間があると虎《とら》ノ門《もん》の藩邸から赤坂田町まで駆け付けて体を動かしていた。

「結城様、ご熱心でございますな」

「若親分ほどではないぞ」

と返答した結城が、

「この春、参勤下番の殿様に従い、それがし、初めて国表《くにおもて》の延岡に参る。となれば当分赤坂田町の稽古にも通えぬ。江戸にある間、出来るだけ稽古に通っておこうと思うたのだ」

そうでございましたか、と応じた政次は、

「なんぞ結城様のご身辺にございましたか。お顔が明るうございます」

「さすがに金座裏の若親分かな、直ぐに見抜かれたな。それがしが次男坊というのは承知じゃな。それがし、次に江戸に戻った折、御用人格磯村《いそむら》家に婿入りすることが決まった」

「おお、それはおめでとうございます。お姫様とはもうお会いになりましたので」

「磯村家は定府の家柄でな、三つ違いの千鶴《ちづる》様とは子供の頃からよう存じておる仲だ」

「そのご口調ですと幼い頃に将来を誓い合った覚えがございますな」

「お察しのとおりじゃぞ、若親分。家同士も親しかったでな、物心ついたときから千鶴様とは互いの役宅に行ったり来たり姉弟のように遊んだ仲だ」

「結城様、姉弟の仲とはまた」

「おう、千鶴様がそれがしより三歳年上、姉様女房だ」

と結城が満足げに笑った。

それはそれは、と答えた政次が、

「日向に下向《げこう》なさる前に千鶴様とご一緒に金座裏に参られませぬか。それともお屋敷の外に出るのは難しゅうございますか」

「おっ、若親分、金座裏に誘ってくれるか。天下の金流しの親分の家に誘われるのだ。これを断る馬鹿がどこにおる、舅《しゅうと》どのを口説《くど》いてぜひ一緒に参る。真だぞ」

「お待ちしております」

虎之御門の前で結城と別れた政次は裾《すそ》をからげて走り出した。するとそれまで気にしなかった俵左膳が政次のあとを追って尾《つ》いてきた。

金座裏に戻ると亮吉ら手先の姿がなく奇妙に静かだった。静けさの中に緊迫があった。

なにかが起こっていると、政次は弾む息を整え、気を引き締めた。

寺坂《てらさか》毅一郎《きいちろう》の姿が居間にあって宗五郎と額を寄せ合い話し合っていた。

「ただ今戻りました。なんぞ出来《しゅったい》したようでございますな」

「若親分がお縄にした万引の女連中だ」

あの騒ぎから二日が過ぎていた。

茅場《かやば》町の大番屋で上方からきた万引一味四人は調べられていた。この大番屋、調べ番屋とも呼ばれ、下手人やかかり合いの人間を取り調べる場所だ。ここの下調べで入《じゅ》牢《ろう》が確定するのだ。

おくま一味は江戸で一気に万引の荒稼ぎを企てたらしく、女組一組、男女が入り混じった三組の都合四組で高価な小間物、薬、反物、塗り物、鏡などを万引きして、その総額はるかに千両を超えたことがおくまの証言で分かっていた。

「まさか大番屋から逃げ出したということではございますまい」

「逃げはしねえが仲間がいやがった」

それは当然考えられたことだ。

「あの婆様、本名か偽名か、小骨のおくまと吟味方与力の今泉修太郎《いまいずみしゅうたろう》様が出張っての調べに名乗りおった。嫁はおきち、孫娘はちか、山出し女中はたねといい、摂津《せっつ》の河《かわ》内《ち》生まれじゃそうな。調べには、ぬらりくらりと物見遊山《ものみゆさん》を兼ねて江戸に出てきたんで決して万買が商売ではないとぬけぬけと言い張りおる。今泉様もわれらもそろそろ手厳しい調べをと考えた矢先のことだ。北町奉行所に投げ文があった、小骨のおくまら四人の身柄お解き放ち願いたいというものだ。そんな脅しで一旦捉まえた悪党どもを放免するわけもない。だが、二通目が直ぐに投げ込まれた。もしおくまらの放免なきときは、江戸じゅうを騒ぎに巻き込むというのだ」

「そんなことが出来ましょうか」

「玉川上水に毒を混ぜるというのだ」

「そんな愚かなことを」

「政次、脅しだけでなかった。昨夜、内藤新宿で上水の水で炊事をした数十家族が嘔《おう》吐《と》をしたり、震えたりと大騒ぎになっているというのだ。何人か死人も出ているとの情報もある。今、月番の奉行所はもちろんのこと、うちでも関わりのある話だ、八百亀ら手先全員が内藤新宿に走っている」

宗五郎が説明し、寺坂がさらに付け加えた。

「文は、この次は江戸市中の上水に毒を混ぜると通告してきたのだ」

「なんということで」

「玉川上水の水は上様もお召し上がりになるものだ。そんなものに毒なんぞ混入されてたまるか」

「全くでございます」

「政次、小骨のおくまに問い質《ただ》したところ、平然とした顔で一味が河内から大量の石《いわ》見銀山《みぎんざん》を江戸に持ち込んだと言い出し、どこにどう隠し持っていたか、石見銀山を吟味方に差し出したそうな」

「したたかにございますな」

政次はしれっとしたおくまの顔を思い出していた。

「で、文の主の正体は判明しておりますので」

「おくまの亭主だそうだ。達筆な書体で鱸落《すずきお》としの小兵衛《こへえ》と文に記しておる」

「鱸落としとはまた奇妙な名でございますな」

「おれも知らなかった。親分によると鱸落としとは、冬に轟《とどろ》く雷のことだそうだ」

「女房のおくまが小骨を名乗り、亭主の小兵衛が鱸落としと異名をひけらかしておる。大した悪党でもなさそうだが、江戸八百八町が人質に取られたようなものだ、うっかりと手が出せぬ」

と寺坂が憮然とした顔でいった。

「なんぞ手がございますか」

政次は寺坂と宗五郎が額を合わせての相談を思い出して訊いた。

「若親分、また先手をとられた。茅場の大番屋に文が届いた。小兵衛から最後通牒だそうだ」

「また、なんと」

「おくまら四人の女を大番屋から解き放ち、金座裏の若親分一人を付けて、船頭一人と一緒に船で品川沖まで連れてこいというのだ」

「ほう、私に指名がかかりましたので」

「お奉行方が額を集めての会議が昨夜から続いてな、幕閣とも相談の上、ともかく玉川上水の水に毒を混入されて、江戸じゅうを大騒ぎに巻き込む事態をなんとしても避けることで話が決まっていた矢先のことだ」

「政次、おめえ一人がおくまら四人に付き添い、茅場町の大番屋から品川沖へと向かえ。彦四郎を船頭に頼んである」

　と宗五郎が政次に命じた。

「おれたちは鱸落としの小兵衛一味をなんとしても捕まえる」

　と寺坂が言い切った。

「畏《かしこ》まりました」

　政次は直ぐに仕度に掛かった。

　茅場町の大番屋前の船着場に小骨のおくまら四人の女が姿を見せた。

猪牙舟《ちょきぶね》の船頭の彦四郎《ひこしろう》は破れ笠《がさ》を被《かぶ》り、所々継ぎの当たった綿入れを着て、その腰にだらしなく帯を巻いていた。六尺を越えた偉丈夫《いじょうふ》の彦四郎は呆けた顔付きで口をだらしなく開けて、おくまらを迎えた。

政次が船着場の一角に立ち、北町奉行所の吟味方与力今泉修太郎ら与力同心が打ち揃《そろ》って悔しそうな顔でおくまらが舟に乗り込む姿を見ていた。

「お役人はん、ご苦労だしたな。大番屋なんてえらいとこまで江戸見物させてもらいましたわ。こりゃ、なかなかできんこっちゃ」

と軽口を叩いたおくまが政次を認め、

「おや、金座裏の若親分、そこにおったんかいな。あんじょうな、品川沖まで送ってや、頼みましたで」

と言った。

政次が最後に猪牙に乗り込もうとすると、

「ちぃと待ってんか。あんた、銀のなえしたらいう得物をいつも腰にぶちこんでいくさるというやないか。物騒なもんは女道中に要りまへん」

とぎらりとした目を光らせた。

政次が羽織を脱ぎ、くるりと回って見せた。

「兄さん、帯もな、解いてんか。おたね、なんぞ隠し持ってないか身をしっかりと探りなはれ」

おくまの命に山出し女中を演じていたおたねが猪牙の船縁《ふなべり》に政次を立たせ、帯を解かせて体を探った。だが、政次は寸鉄も体に帯びていなかった。

「ほう、感心感心」

とおくまが政次を褒めた。

政次は船縁を摑《つか》むと足で船着場の床を蹴《け》り、猪牙の舳先《へさき》に乗り込んだ。

茫洋《ぼうよう》とした顔付きで彦四郎が竿《さお》から櫓《ろ》に替えた。

「船頭さん、大川を下って品川沖まで頼みます」

と政次が彦四郎に願い、河岸に立つ宗五郎と視線を交わした。内藤新宿から八百亀と亮吉が戻ってきて、

「親分、四谷塩町の長善寺門前町界隈《かいわい》の上水に石見銀山が投げ入れられたようで、あの界隈で何十人がおかしくなり、年寄りと子供が二人亡くなったぜ」

と報告していた。

宗五郎はおくまを乗せた猪牙が湊橋《みなと》の向こうへと消えたのを見て、用意させていた猪牙に乗り込んだ。

船頭は綱定《つなさだ》の主《あるじ》の大五郎《だいごろう》と見習い船頭の二人だ。猪牙には宗五郎、八百亀、亮吉の三人が乗り組んだ。舟を出そうとしたとき、

「待て、待ってくれ」

と声をかけたものがいた。

「おまえ様は」

「赤坂田町の神谷丈右衛門道場の門弟、長州萩藩家臣俵左膳にござる」

「ほう、政次と同門と申されますか」

「いかにも」

「何の御用にございますな」

「そなた、金座裏の親分じゃな」

「いかにもわっしは政次の養父でさあ」

「同乗させてくれぬか」

「こいつは御用にございましてな」

「承知しておる。どうやら政次若親分が単身悪人どもをどこぞに送っていかれた様子だ。それがし、見届けたいのだ」

「なにを見届けると申されますな」

「政次どのにそれがし、立ち合いで負け申した。なぜ負けたか、若親分の腕が真かどうか知りたいのだ」

宗五郎は俵左膳の顔に偏狭な一途さを見て、

「ようございます、お乗りなさい」

と同船を許した。

大五郎の猪牙が彦四郎の舟から数丁離れて続き、さらにその後に寺坂毅一郎が乗る御用船が続いた。

彦四郎は大川に出ると猪牙を流れに乗せてゆったりと櫓を使った。緩慢とも思える体の動きからは猪牙に与える推進力は想像もつかなかった。だが、なかなかの船足をしていた。

「江戸の奉行所もいい船頭を雇うとるがな」

と褒めたおくまが、

「船頭の兄ちゃん、おまえさんの煙草《タバコ》入れ、貸してんか。大番屋の役人たちらうちらから洗いざらい剝《は》ぎ取りよったわ。自慢の煙草入れも大番屋や」

と彦四郎に願った。

「あーい、婆様」

と彦四郎が煙草入れを腰帯から抜くと、

「煙草盆はほれ、おらの足元にあるだよ、好きなだけ吸いなせえ、婆様」

と差し出した。

「鈍くさいと思うたが兄ちゃん、案外気が利くやないか。奉行所の船頭なんて銭は稼げめえ。うちらと一緒に稼ごうやないか、いいべべ着せて、いい女子《おなご》抱かせてやりまっせ」

「あーい、婆様、考えてみてもよか」

「そのあーいはアホ臭いわ、止《や》めてんか」

とおくまが機嫌よく言い、手際よく彦四郎の煙管《キセル》に刻みを詰めて煙草盆の火を点《つ》けた。

ふうっ

と鼻から煙を吐いたおくまが、

「金座裏の若親分たら、おまえはん、利口面しとるが船頭の兄ちゃんとどっちや」

「小骨のおくまとはまた奇妙な異名ですね」

それには答えず政次が問い返した。

「あんた、呉服屋の手代から御用聞きに変わったそうやな、あんまり賢いことあらへんで。わての名は、小骨ほどの苦労もせんでええように先代の親分が付けた名や。うちは万買商いや、楽して儲《もう》ける商いやで」

「捕まってはどうにもなりますまい」

「松坂屋の店頭のどじかいな。あれ、どないして見破られたんやろ。あんたが来たんはずっと後のこっちゃな」

「あの折、店の奥に通った女連れ二人がいたのを覚えておりませんか」

「親子づれがおったな、大番頭がえらいへこへこして出迎えていたがな」

「私の養母と嫁になるしほですよ」

「なんやて金座裏の十手持ちの女房らに見られたんかいな」

「いかにもしほがおまえさん方の手口を見ていたんですよ」

「ありゃ、えらいとこに御用聞きの女房親子が来おったもんや。どないしよ」

とおくまが言い、船縁で煙管の雁首《がんくび》を、
こつん
と叩いて灰を流れに落とした。

いつしか猪牙は三角波の立つ大川河口に差し掛かっていた。

「船頭の兄ちゃん、越中島《えっちゅうじま》を回って海辺《うみべ》新田《しんでん》沖に着けてんか」

と指図した。

「あーい、品川沖と聞いたが行き先が違いますか」

「兄ちゃん、しっかりせんかえ、役人たらに最初からほんとのことが言えまっかいな」

と一蹴《いっしゅう》したおくまがまた火皿に刻みを詰めた。

四

海辺新田は小名木《おなぎ》川の南に点在してある新田で、一塊ではない。北は小名木川、西は小名木から発する入堀付近に設けられた干鰯《ほしか》場付近、南は江戸湾、東は十間《じっけん》川を隔てた八右衛門《はちえもん》新田、砂村新田に接する茫漠《ぼうばく》とした範囲内だ。

海岸線の茅野や沼地を慶長元年（一五九六）頃より開拓し、小名木川南岸に出来た海辺新田町の周りに次々に新田が開拓されたゆえに海辺新田と名付けられたという。

元々小名木川南岸は干鰯場が多くあり、元禄九年（一六九六）には南茅場町の商人水戸屋次郎右衛門ら五名が新田を譲り受けて、銚子《ちょうし》で採れた鰯で干鰯場を設けたために、

「銚子場」

　と呼ばれることもあった。

　彦四郎が船頭の猪牙舟は、鰯《いわし》の臭《にお》いが漂う海辺新田の茅野に停《と》められた四百石ほどのぼろ船に横付けされた。

　艫下には、

「摂津国安治川湊明神丸」

　とぼんやりと薄れた船名が読み取れた。

「親方」

「おお、おくま、戻ってきたかい」

　舳先から大漁旗で仕立てたどてらを着込んだ爺様《じいさま》が叫んだ。

　身の丈は六尺余、白髪の髷《まげ》の下は俗にいう役者顔で、なかなかどうして押し出しのいい顔付き、貫禄だ。どてらの太帯に朱塗りの鞘《さや》の長脇差《わきざし》をぶちこんで、手に大煙管を構えていた。

　鱸落としの小兵衛と名乗る一味の頭目だ、と政次は爺様の風体《ふうてい》を見た。

「親方、ドジを踏んですんまへんな。あんまり最初《はな》からうまくいきましたやろ、つい油断してしもうた。親方にえらい手間をとらせた上に損かけましたがな、このとおりや、わての白髪頭を下げますよって、おたねを許してんか」

「潮時やったかもしれんな」

「それにしてもや、ようもわてらを江戸の町奉行所は解き放ちましたな、親方」

「そりゃ、おくま、将軍様も飲もうという上水に石見銀山をぶち込むと脅したんや、江戸の者は気が小さいがな、直ぐに降参や。もっとも内藤新宿たらでほんまに石見銀山を入れたんや、脅しは効いたがな」

「わても持参の石見銀山差し出しましたで。それにしてもえらい手間をかけさせましたわ」

とおくまが答えると政次を見た。

二人の会話の間におくま以外の三人の女たちはぼろ船に乗り移っていた。

「親方、こやつ、どないしましょ」

「そうやな、あとで喋《しゃべ》られんのも厄介や。上方に連れていこか」

「そうやな、朴念仁《ぼくねんじん》の船頭はその気やしな」

とおくまが言い、

「ほなら、この猪牙たらに火をかけんかい」

とぼろ船の仲間に叫んだ。するといきなりぼろ帆船の船上から猪牙舟に火が付いた松明《たいまつ》が何本も放《ほう》り込まれた。

「なにしゃがんだ！」

と彦四郎が松明を拾い上げようとした。

「兄ちゃん、わてらの仲間になると違うんかいな」

足元で燃え上がる松明をものともせず、平然と構えたおくまが言い放った。

「おくまだがおとらだか知らねえが、摂津くんだりの盗人野郎の一味に落ちる彦四郎様じゃねえや。江戸は千代田の城近く鎌倉河岸裏のむじな長屋で育った政次若親分とは竹馬の友だ。おくま、ちっとでも動いてみろ、てめえの頭、この竿で叩き潰すぞ！」

と彦四郎の啖呵《たんか》が響くと同時に竹竿を軽々と立てて見せた。

「兄ちゃん、まだ甘いな」

とせせら笑うおくまの体が、
ひょい
と猪牙舟からぼろ船に飛び上がった。婆様にしてはなんとも凄《すさ》まじい跳躍力だ。そして、ぼろ船から油が猪牙の松明に
ざあっ

と降り注がれた。

炎が上がった。

「わあっ、おれの猪牙を燃やす気か！」

彦四郎が慌てて消しに走ろうとした。だが、炎は何箇所からも上がり、素手で消すどころではない。

「彦、舟はいい。なえしをくれ」

「合点だ」

と彦四郎が足元の筵《むしろ》の下に隠していた銀のなえしを摑むと、燃え上がる炎越しに投げた。

政次が片手で受け取ると、碇《いかり》を上げて出船の仕度に入る帆船の帆桁《ほげた》に銀のなえしを投げ上げた。むろん左の手首には平紐《ひらひも》がかかっている。

銀のなえしがくるくると帆桁に絡まり、政次は平紐を、
ぴーん
と張って確めると猪牙から飛び上がり、振り子のように海上を飛翔すると四百石船の船縁を越えた。

「政次、おまえだけに手柄は立てさせないぜ」

彦四郎が手にしていた竿を燃え上がる猪牙の舟底に突くと、

「そらよ」

と気合いを入れて虚空に飛んだ。そして、政次が帆桁に絡まった銀のなえしを右手に取り戻して構えた傍らに、

ひょい

と下りた。

その二人を明神丸に乗り込んでいた小兵衛一味が取り囲んだ。その数、十七、八人か。だれの手にも長脇差や手槍《てやり》があった。

多勢で無勢の二人を一気に押し包もうという考えだ。

政次の手の銀のなえしがきらきらと煌《きらめ》き、彦四郎の竿が手練の早業で突き出されて、踏み込んでくる一統四、五人を叩きのめし、突き転ばした。

一息入れた彦四郎が残った手下らを睨《にら》み回し、

「てめえら、よっく聞け。おれたちゃ、鎌倉河岸の項羽《こうう》と劉邦《りゅうほう》だ。摂津の万買一味なんぞ一人として上方に帰すものか」

と見えを切った。

「二人してえらい気張りおるがな、止めとかんかい」

鱸落としの小兵衛がどてらの前を肌蹴《はだけ》た。するとどてらの裏側に花火の三寸玉のようなものがいくつもぶら下がっていた。

「手造りの煙硝玉やで。一発食らうと項羽様だろうが劉邦様だろうが木っ端微塵《こ ぱ み じん》や、あの世行きやで」

と叫んでいた。

小兵衛の子分どもがさあっと引いた。

「小兵衛親方、その煙硝玉のせいで冬の雷、鱸落としの小兵衛と異名をとりましたか」

「よう、でけた。金座裏の若親分。それにしてもあんたはえらい丁寧な口調やな。そりゃ、上方ではものの役に立ちまへんで」

小兵衛が片手の煙管の火を煙硝玉の火口に近付け、火を点けた。

彦四郎が手にしていた商売道具の竿先を突き出そうとした。

「止めんかい、おまえから先に吹き飛ばそうか」

と小兵衛が煙硝玉を片手で差し上げて彦四郎の動きを牽制《けんせい》した。

そのとき、海上から大声が響き渡った。

「万買一味、鱸落としの小兵衛、金座裏の九代目、宗五郎親分のお出張りだ！　神妙にしねえと金流しの十手が白髪頭を叩き割るぜ！」

いわずと知れたむじな亭亮吉の大声だ。

小兵衛の視線が一瞬そちらに流れた。

宗五郎の乗る大五郎船頭の船の他にも北町奉行所の御用船が続々と姿を見せようとしていた。

「糞《くそ》ったれが！」

小兵衛が歯軋《はぎし》りし、政次の銀のなえしが飛んだのはその直後だ。小兵衛が摑んだ煙硝玉の手首に、

ばしり

と命中して、

あっ

と驚く手から煙硝玉がぼろ船の船板上に転がり落ちた。導火線がばちばちと燃えて、

「だれか、拾うてくれ。船がふっ飛ぶぞ！」

小兵衛の必死の声が響いた。

一味の一人が飛び付いた。

その瞬間、船が揺れて煙硝玉が転がり、摑もうとした手から零《こぼ》れ、ごろごろと舳先

下へと転がっていく。

「早う拾わんかい、船が吹き飛ぶがな」

悲鳴のような小兵衛の絶叫が響き渡った。

「飛べ、海に飛び込むのだ！」

もはや爆発を食い止められないと感じた政次が叫び、おくまが舳先の上でうろたえる艫落としの小兵衛を見ていたが、

「親方、ごめんやっしゃ」

と言い残すと船縁から海に飛び込んだ。それを見た一味がぱらぱらと船を見捨てた。

「逃げるアホがどこにある、煙硝玉を海に放り込まんかい！」

爆発を恐れた彦四郎は艫へと逃げた。

政次は今一度銀のなえしを構え直すと渾身《こんしん》の力を込めて硝煙玉に向かって投げた。

導火線の火はもはや煙硝玉に燃え移ろうとしていた。

銀のなえしが煙硝玉を見事に弾くと煙硝玉は、
ふわり
と虚空に垂直に浮かび上がった。

「なにしくさるんや！」

煙硝玉は艫落としの小兵衛が立つぼろ帆船の舳先に浮かび、小兵衛がそれを摑もうと両手を差し出した。

その瞬間、煙硝玉が破裂した。

火閃《かせん》が見えたとき、政次は銀のなえしの紐を摑んで船縁から海に飛んでいた。

ずずーん！

という爆発音を政次は冷たい水中で聞いた。

片手で水を掻き、水面に顔を出した。すると小兵衛の体を吹き飛ばした最初の爆発で、小兵衛がどてらの裏に隠し持っていた煙硝玉数発に引火したか、舳先がゆっくりと膨張して白い閃光が再び走り、舳先が吹き飛ぶのが見えた。

「彦四郎！」

と政次が叫ぶと幼馴染が艫下から両手で両耳を押さえて立ち上がった。

「彦四郎、海に飛べ、船が沈むぞ」

政次の叫びに頷いた彦四郎が叫び、艫櫓《ともろ》にいた船頭らも伝馬《てんま》を下ろして海に逃れようとした。

舳先の爆発は大きな水煙を立ち昇らせた。

その水煙が鎮まったとき、政次は銀のなえしを帯に差し込むと彦四郎が飛び込んだ海に向かって抜き手を切った。

鎌倉河岸育ちの政次や彦四郎にとって泳ぎは河童《かっぱ》同然の腕前だ。

彦四郎の顔がぽっかりと水面に浮かんできた。

「糞っ、耳の中ががんがんするぞ」

「煙硝玉が爆発したんだ、耳は押さえたか」

「押さえたさ。だけどよ、体が宙に浮いたほど、凄げえ爆発だったぜ」

立ち泳ぎで海上を見回すとあちらこちらに明神丸から逃れた一味の頭が浮かび、そいつらを大五郎の船や奉行所の御用船が一人ひとり首根っこを押さえて船に引き上げていた。

舳先が吹っ飛んだ明神丸は傾きながらも浮かんでいた。

「今思い出した。この近辺はあのぼろ帆船が浮かぶ程度の浅瀬だ、沈みはしないよ」

と彦四郎が政次に言いかけ、自分の猪牙舟を確めた。

「あれっ、政次、おれの猪牙が浮いているぜ」

綱定の持ち舟の猪牙は、明神丸の爆発で起こった水煙を浴びて炎が消えていた。

二人は猪牙に這《は》い上がった。すると舟底に深さ三寸ほど水が溜まっていた。水煙が猪牙に雪崩《なだ》れ込み、ついでに炎を消したようだ。

「ふうっ、親方になんとか言い訳が立ちそうだ」

と彦四郎が呟《つぶや》いたとき、宗五郎を乗せた船が猪牙舟に近付いてきた。そして、無言のままに宗五郎が船から傾きかけた明神丸に乗り込んでいった。八百亀も亮吉もまず親分に続いて明神丸に乗り移った。まだ一味が残っている可能性があったから当然の行動だった。

船にはずぶ濡《ぬ》れのおくまらががたがた震えながら残っていた。

「彦四郎、言い訳たあなんだ」

と綱定の大五郎が叫んだ。

「なんだ、親方自らお出ましか。猪牙を焼かれちまったんだよ、修繕代をさ、親方、そのおくま婆さんに請求してくれないか」

彦四郎が大五郎に言う。

「上方から万買に乗り込んできた連中が払ってくれるかねえ」

大五郎が震えるおくまを睨み据えた。

「修繕代だと、欲しきゃあの世に取りにきさらんかい」

寒さに震える声でそれでもおくまが吐き捨てた。

「ほう、この婆様、獄門を覚悟しているようだぜ。潔いいぜ」

大五郎が感心し、

「自力で龍閑《りゅうかん》橋まで運べそうか」

と彦四郎に訊いた。

「水さえ掻い出せば大丈夫だよ、親方」

「よし、三太郎《さんたろう》、彦を手伝え」

大五郎の船が猪牙に横付けされて、彦四郎と見習い船頭の三太郎の二人で猪牙の舟底に溜まった水を掻い出した。

政次は大五郎の船に思わぬ人が乗っているのに気付いた。

赤坂田町の同門俵左膳その人だ。

「俵様、またなぜ船に」

俵がぼそりと言った。

「親分に許しを得て乗せてもらったのだ」

「それはまたどうして」

「そなたの行状が知りたくてな。そなたに負けた理由がそれがしには理解つかなかった」

「それで私の後を尾行しておいででしたか。なんぞ分かりましたか」

政次が微笑《ほほえ》みながら聞いた。

「そなたらは常在戦場の覚悟で生きておる。われら、武家方の畳水練の稽古とは違うと分かった」

「俵様、これが御用聞きの仕事なんでございますよ」

「それがしはなんとも未熟であった、恥ずかしい」

と俵左膳が頭を下げた。

「俵様、私どもは赤坂田町直心影流《じきしんかげ》神谷丈右衛門道場の同門の弟子にございます。詫びる要などどこにもありませんよ」

「いや、詫びねば気持ちがすまぬ」

と俵左膳が頭を下げ続けた。

ふいに船上から声が降ってきた。

「若親分、ぼろ船の船倉にはよ、江戸で万引した盗品の山だぜ。彦四郎、そんな焼け焦げた猪牙なんぞうっちゃってよ、猪牙のお代を奉行所に掛け合ってよ、新しい舟に乗り換えろ」

と亮吉が叫んだ。

「馬鹿野郎、亮吉め。てめえ、盗人の上前撥《うわまえは》ねて猪牙を新造しようという算段か、この海辺新田の沖に叩き込むぞ」

と大五郎に怒鳴られた亮吉が、

「親方が乗っていたのを忘れていたよ」

と傾いた明神丸の船縁の向こうに顔を引っ込めた。

鎌倉河岸の豊島屋に再び名物の白酒の季節が巡ってこようとしていた。

上方から遠征してきた万引一味の鱸落としの小兵衛の手下らの取調べが終わり一段落ついた日の夕刻、いつものように亮吉らが屯《たむろ》して主の清蔵らに海辺新田の捕り物の一席を大仰に語り聞かせていた。

そこへ政次が結城市呂平と磯村千鶴の二人を伴い、姿を見せた。

「千鶴どの、ここが白酒で有名な豊島屋にござる」

と一度来たことがある結城が馴染み顔で説明した。千鶴は三つ年上だというが愛らしい小顔でそうは見えなかった。

「鎌倉河岸の豊島屋さんで私の家でも白酒を購《あがな》うわ。ここがお店なのでございますか」

初々しくも千鶴が店の中を見回した。

駕籠《かご》かき、船頭、棒手振《ぼてふ》り、中間《ちゆうげん》小者が田楽を肴《さかな》に酒を飲んでいた。大名家の屋敷住いの千鶴には初めての経験だ。

「いらっしゃいまし」

としほが奥から出てきて、結城が、

「千鶴どの、政次若親分のお嫁さんになられるしほさんです」

と紹介し、

「しほさんはこの豊島屋の看板娘を長年務めてこられたんですよ」

「結城様、そのようなことはどうでもようございます。ささっ、千鶴様とお座りになってうちの田楽をぜひ賞味して下さいな。他所《よそ》では決して味わうことはできませんよ」

しほは、新たに三人の席をつくると少し開いていた戸を閉じようとした。すると常夜灯のおぼろな明かりに鎌倉河岸の八重桜が突兀《とっこつ》と浮かんでいた。

（もはやこのような気持ちで桜を見ることはないわ）

しほは老桜に視線を預け、戸に手を掛けたまま佇んでいた。

本書は、ハルキ文庫（時代小説文庫）の書き下ろしです。

時代小説文庫
さ 8-18

冬《ふゆ》の蜉蝣《かげろう》 鎌倉河岸捕物控《かまくらがしとりものひかえ》〈十二《じゅうに》の巻《まき》〉

著者　佐《さ》伯《えき》泰《やす》英《ひで》

2008年5月18日第一刷発行

発行者　大杉明彦

発行所　株式会社 角川春樹事務所
〒101-0051 東京都千代田区神田神保町3-27 二葉第1ビル

電話　03(3263)5247[編集]　03(3263)5881[営業]

印刷・製本　中央精版印刷株式会社

フォーマット・デザイン&シンボルマーク　芦澤泰偉

ISBN978-4-7584-3336-5 C0193

http://www.kadokawaharuki.co.jp/[営業]
fanmail@kadokawaharuki.co.jp[編集]　ご意見・ご感想をお寄せください。

時代小説文庫

佐伯泰英

異風者《いひゅもん》

書き下ろし

異風者《いひゅもん》——九州人吉《ひとよし》では、妥協を許さぬ反骨の士をこう呼ぶ。人吉藩の下級武士・彦根源二郎は〝異風〟を貫き、剣ひとつで藩内に地位を築いていく。折しも藩は、守旧派と改革派の間に政争が生じていた。守旧派一掃のため江戸へ向かう御側用人・実吉作左ヱ門警護の任についた源二郎だったが、それは長い苦難の始まりでもあった……。幕末から維新を生き抜いた一人の武士の、執念に彩られた人生を描く書き下ろし時代長篇。

佐伯泰英

悲愁の剣

長崎絵師通吏辰次郎

長崎代官の季次《すえつぐ》家が抜け荷の罪で没落——。季次家を主家と仰ぎ、今は海外放浪の身にある南蛮絵師・通吏辰次郎《とおりしんじろう》はその報せに接し、急ぎ帰国するが当主・茂智、茂之父子や、茂之の妻であり辰次郎の初恋の人でもあった瑠璃《るり》は、何者かに惨殺されていた。お家再興のため、茂之の遺児・茂嘉を伴って江戸へと赴いた辰次郎に次々と襲いかかる刺客の影！　一連の事件に隠された真相とは……。運命に翻弄される者たちの奏でる哀歌を描く傑作時代長篇。

（解説・細谷正充）